圖書在版編目（CIP）數據

出使美日秘日記 ： 全4册 / （清） 崔國因著. -- 北京 ： 朝華出版社， 2018. 3
（清末民初文獻叢刊）
ISBN 978-7-5054-4190-3

Ⅰ. ①出… Ⅱ. ①崔… Ⅲ. ①日記－作品集－中國－清代 Ⅳ. ①I264. 9

中國版本圖書館CIP數據核字（2017）第320332號

出使美日秘日記（全四册）

作　　者　[清]崔國因

選題策劃　楊麗麗　尚論聰
責任編輯　劉小磊
特約編輯　凌永放
責任印制　張文東　陸競贏
封面設計　劉敬偉

出版發行　朝華出版社
社　　址　北京市西城區百萬莊大街24號　**郵政編碼**　100037
訂購電話　（010）68996618　68996050
傳　　真　（010）88415258（發行部）
聯系版權　j-yn@163.com
網　　址　http://zhcb.cipg.org.cn
印　　刷　藝堂印刷（天津）有限公司
經　　銷　全國新華書店
開　　本　880mm × 1230mm　1/32　**字　　數**　394千字
印　　張　49.25
版　　次　2018年3月第1版　2018年3月第1次印刷
裝　　別　精
書　　號　ISBN 978-7-5054-4190-3
定　　價　345.00元（全四册）

出版前言

中國自一八四〇年鴉片戰争以來，傳統的農業文明在西方的堅船利炮轟擊之下徹底被顛覆，有擔當的知識分子苦苦追尋，思索社會改革的途徑。從最初的『師夷長技以制夷』到『民主制度，天下之公理』（梁啓超語），他們發現要『强國富民』，首先要『開啓民智』，祇有民衆擁有了獨立思想和批判精神，國家纔能實現真正的强大。在此後一百年的時間裏（一八四〇—一九四九），思想者們從社會變革深入到國民性的改造，用每一部作品見證着中國近代化的遞變歷程。這是一個極其重要的時代，《清末民初文獻叢刊》正是收録了這一時期的作品，大部分書籍都是早期版本，有着極高的文獻研究價值。

清末的中國經歷了『三千年來未有之大變局』（李鴻章語），大清王朝面對西方列强的艦炮，表現得驚慌失措。尤其是鴉片戰争，使『天朝帝國萬世長存的迷信受到了致命的打擊，野蠻的、閉關自守的、與文明世界隔絶的狀態被打破了』（《馬克思恩格斯選集》）。一批士大夫知識分子，尤其是在歐美諸國擔任使臣或者游歷的知識分子最先覺醒，着眼于對西方國家的考察，進而反省本國政治制度的劣勢，可以視作『啓蒙』的端倪。如曾擔任駐英公使（兼任駐法公使）的郭嵩燾在《使西紀程》中以日記的形式記録了自己對歐西諸國的觀感，他在考察了英國的政治制度之後，發現英國政府官員收入超過三百磅者與普通老百姓一樣同等納稅，他說：『此法誠善，然非民主之國，則勢有所不行。西洋所以享國長久，君民兼主國政故也。』他明確提出了『民主』，在國家的管理問題上，人民也有參與的權利。他在該書中所披露的西方政治、經濟、文化等領域優于大清帝國這一事實觸動了保守派的神經，立刻遭到保守派群起而攻之，進士何金壽彈劾他『有二心于英國，欲中國臣事之』，他家鄉湖南的民衆對他更是痛加詆毁，以至于滿城揭帖，誣蔑他『溝通洋人』，在這種群情洶洶的情況下，朝廷最後下旨將《使西紀程》毁版，從而使該書成了禁書。然而，書雖被毁版，却不能堵死民衆的傳播與閱讀的途徑，上海的《萬國公報》依舊連載該書，張佩綸曾說：『朝廷禁其書，而新聞紙接續刊刻，中外傳播如故也。』從某種意義上來說，啓蒙是時代的需要，盡管清政府發諭旨禁了該書，民衆乃至一些朝廷大員却依舊在私下閱讀，以便瞭解外部的世界。進步的社會是開放性的，任何企圖『閉關鎖國』的努力都意味着歷史的倒退，祇有開放，與整個世界文明保持同等的步伐，纔能實現真正的强國之夢。當大批知識分子走出閉鎖的國門，親歷了文明的洗禮之後，也就把啓蒙的智識帶回了中華大地。容閎的《西學東漸記》，梁啓超的《新大陸游記》，崔國因的《出使美日秘日記》等一大批作品介紹了海外諸國的政治、經濟、軍事、外交、文化。雖然這些作品在認識上仍然帶有時代的局限性，然而却是那時最爲珍貴的聲音。

另一方面，在學術上，中國文化母體内『經世致用』思想與資産階級思想相結合，也喚起了變革，以康有爲、梁啓超爲首的改良派試圖通過自上而下的革新以實現變革。康有爲的《新學僞經考》《孔子改制考》就是借經學之表論資産階級學説之裏的著作，康有爲的弟子梁啓超更是通過《新民説》一書提出國民性改造。與早期啓蒙者『師夷長技』的器物文明引進不同，梁啓超上升到形而上的精神領域，從文化心理上更加徹底地進行變革。梁氏是清朝末年到民國初年一個橋梁式的人物，被譽爲『輿論之驕子，天縱之文豪』，其影響力不但在學術領域，同時還在文學領域，他所倡導的『詩界革命』得到了譚嗣同、黄遵憲、丘逢甲等人的響應，黄遵憲的《日本雜事詩》，丘逢甲的《嶺雲海日樓詩鈔》都體現了這種主張。這一主張要求反映新的時代和新的思想，用『我手寫我口』（黄遵憲語）的方式直抒胸臆，對長期占詩壇主流的擬古主義、形式主義産生了巨大的衝擊，解放了寫作者的心靈和頭腦。

與社會變革同步的是早期對西方思想著作的翻譯，這裏面影響最大的是嚴復，他翻譯的《天演論》《社會通詮》等書直接孕育了民國一代的知識階層。魯迅、胡適等人在文章中都曾提到《天演論》對他們思想所産生的震撼。與嚴復略有不同的另一位翻譯家是林紓，他的譯作雖然參差不齊，但却在更細膩的心靈層次對讀者産生影響，許壽裳曾回憶，他和魯迅都熱衷于林譯的小説，如《巴黎茶花女遺事》《黑奴籲天録》《迦茵小傳》等作品。

辛亥革命之後，進步社會思潮成爲主流，比之清末思想啓蒙者『求存』的追求，民國以來的知識階層深入到了更加細微的肌理，一方面呼喚社會變革，另一方面進行點滴的建設，革命并不能使所有的一切一蹴而就，在更加深廣的領域，事物的改變是由微觀而宏觀。通俗地説，比之于革命，建設的意義更大。如《中國商業史》《中國教育史》《中國倫理學史》《中國哲學史大綱》《中國小説史略》等一大批作品都是進行系統的梳理與建設的理論作品。其中，以胡適和魯迅二人的影響最大，他們的作品一紙風靡，從而成爲新文化運動的主力人物。

《清末民初文獻叢刊》收録的文獻大致上可以分爲三個階段，其中龔自珍、張之洞、魏源、郭嵩燾、薛福成等人的作品可視爲『早期啓蒙』，康有爲、梁啓超、黄遵憲、嚴復、林紓等人的作品可視爲『中期啓蒙』，胡適、魯迅、蔡元培等人的作品可視爲『晚期啓蒙』。當然，這種劃分并非嚴格意義上的，大部分啓蒙思想者隨着時代的變化，其思想在不斷進步。縱觀整個近現代史，可以發現，要求變革不是在某一個領域，由某一類人發起和完成的，而是全社會的要求。

變革，已經成爲全社會的共識。

從清末民初的文獻中，我們能够發現一種豐富性。這些作品涉及政治、經濟、軍事、教育、外交、宗教、心理、情感等方方面面，從内而外地净化着中國兩千年以來的封建積習。它不衹是對社會的改造，更是對人心靈的重塑；它首重國家社會之建設，同時亦重靈魂心智之唤醒；它是宏大的，也是微觀的；它是嚴肅莊重的，也是活潑靈動的；這些作品結構精巧，思想内容深刻，擁有濃厚的人文主義色彩，對推動社會主義建設，實現中國夢有重大意義，是近現代中國一百年來最宏富的智識與情感的寶藏。因此，整理這些文獻作品，無論是出于資料保存的目的，還是爲圖書館提供資料副本，都有不可估量的意義。

特定時代下的文獻，當它一旦形成（既指草擬，創作的完成，也指其成爲一個載體），就不可再複製了，也就意味着它將面對消亡。對于文獻資料而言，越接近歷史事件發生的時代記録，越具有研究價值。文獻本身具有不可再生性，它祇會消亡，而不會增多。盡管文獻本身的文字可以保留下來，并進行傳播，却失去了當時的時代氣息。當時的作品可能在技巧上，文字的成熟度上不及當代，但它所負載的信息，創作者的情感都反映了當時的歷史，也就是説，它具有不可替代的歷史意義。

影印的版本有三個特點，第一是擁有文獻的『原始性』；第二個特點是『未經改動的』；第三個特點是『歷史的原貌』。所謂『原始性』，也就是説，它是第一手資料，而非轉述的，回憶形成的；『未經改動的』，是指未被篡改、删節、挖補的；『歷史的原貌』是指在影印製作過程中，完全依照文獻的原來模樣……這樣製作出版的作品，無异延續了文獻的壽命。

近現代思想史上的一個最重大的思潮就是『開放』，從林則徐的『開眼看世界』到蔡元培的『兼容并包』，都是在倡導一種開放式的胸襟。而《清末民初文獻叢刊》最有魅力的部分就是『開放』這一主題，衹有融入到世界文明發展的進程中，中華文明纔能歷久彌新。

《清末民初文獻叢刊》編委會

二〇一七年四月十四日

凡例

一、《清末民初文獻叢刊》（以下簡稱『叢刊』）爲影印本，舉凡所用之底本，均爲該書之早期版本。有清末刊本，亦有民國印本。

二、《叢刊》均依底本影印，未予删改；原刊本有誤，不予校改，以保留文獻之原貌。

三、《叢刊》所用之底本，因時日久遠存在漫漶的情況，均進行了修復；底本闕文、印刷不清，均保留原貌。

四、爲讀者閱讀之便，《叢刊》中之舊底本目録未標記頁碼者，編了目次；原底本有頁碼和目録，未予重複編目。

五、爲保持文獻的原始風貌，影印本保留了原書書影（原書爲多册，則保留第一册書影）、扉頁等信息。所用底本無相應信息者，則不予妄添，以免錯訛。

目録

第一册
原刊本（光緒二十年）扉頁 一
序 三
光緒十五年九月初一日 五
光緒十六年正月初一日 一一九
四月初一日 二四五
七月初一日 三二一
十月初一日 三九三
第二册
光緒十七年正月初一日 五一一
四月初一日 六二三
七月初一日 七四三
十月初一日 八二一
第三册
光緒十八年正月初一日 九〇一

四月初一日 九六七
七月初一日 一〇六五
十月初一日 一一四七
第四册
光緒十九年正月初一日 一二四五
四月初一日 一三六七
七月初一日 一五一五

出使美日秘國日記

甲午小春

笠汀蔡樾

光緒甲午

仲春付印

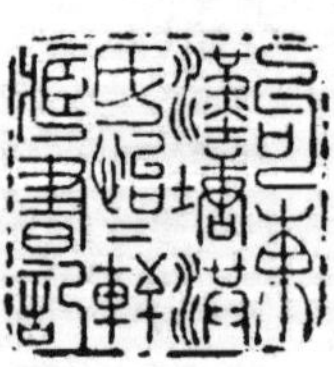

序

日記者記逐日所行之事鉅細不遺以紀實也出使日記與尋常日記不同必取其有關交涉裨法戒此外皆所略焉上下五千年五帝三王不相沿襲陳言均無取矣縱橫九萬里蓋地之圖山海之經荒遠可無稽矣然則日記云者記今日可記之事耳唐風曰職思其居孔子曰言思可道此之謂也外國各學均有專門名家童而習之至老不渝其講交涉者匪僅公法之熟亦恃平日於各國交涉之事所聞見者多而取精用宏也我國風氣之開僅數十年宏儒名宿或鄙夷而不屑道其閒深於閱歷得諸親嘗而囿器數者既知之而不能言愊清議者又言之

而不敢盡將何以拓心胸開風氣哉因業醫四十年猶憶少時之學醫也取古人所論藥性病證讀而記之然後玩漢唐以來諸名家辨證立方用意之所存揣摩就熟乃以問世凡藥之偏勝者皆足以療偏勝之疾以適於中不僅驅使平易近人之草木也處方雖簡而儲藥必備牛溲馬勃不以爲世所賤而棄之苟濟於用其活人延年與靑芝赤箭同是編用意相似有苦心焉願知我罪我者諒之是爲序

光緒十九年八月二十六日自序於太平洋槎那舟中

出使美日秘崔日記

光緒十五年九月初一日 晴戌刻到華盛頓小雨

查金山至華盛頓計程一萬一千里五日而到途中每日尚停車十餘次以備搭客上下爲時甚久大約每半時辰可行一百八十里至二百里如途中不停兩日可到可謂速矣途中初歷崇山山中松木盤鬱直挺可作棟梁次日所見皆平衍沃壤數十百里必有大鄉鎮中間荒土甚多五百年内不憂人滿聞五十年前尚覺蕭條今則蕃衍富庶甲於諸國非火車之力不能如是之速也到時出使大臣張蔭 已偕隨員問訊同車至棧恭請

皇上聖安然後彼此行禮談至子刻而散寓客棧

初二日晴

在客棧不能洋餐由 出使大臣張蔭 送飯一鐀菜三品得以飽食未後因先移入使館只空房二間隨員尚不能移 美屬阿拉斯喀在北墨洲之西北隅同治六年以銀七百二十萬圓購入美國版圖計五十八萬英方里居民甚稀今聞該地已有金礦擬由議院議撥經費選派人員查考土宜以便開闢云 因謹按美國以銀購地地實產金鬻地者不知地之所產較所鬻者貲萬萬倍也古人所謂一寸山河一寸金者於此益信

初三日晴申刻雨

律師科司達來會言近數十年來槍礮之製與日俱新美國機器

廠以云者斯德廠爲著名中國近年多購此種因答曰自來復槍之製出各廠所造皆不能離此法取其所指準而所透深也英廠黎斯皮代繼之那頓非爾又繼之麥新駁又繼之然不久而即有停歇者新式槍礮幾於汗牛充棟要在用之得其人耳苟非其人雖有利器不足制勝也

初四日晴

巳刻接印謝

恩行三跪九叩禮拜印亦行三跪九叩禮拜發奏報接印日期摺

是日札委楊慕璿爲駐日斯巴尼亞國參贊龔心湛爲學生彭光譽署二等參贊汪洪霆爲三等參贊李春官饒鳳起杜延祜爲隨

員拜發接印摺並咨呈譯署又請撥經費文　閱前任案光緒二年九月總理衙門咨到出使經費酌定數目及川資行裝歸裝各員薪俸關防滙銀各事粲然大備又已領行裝不能出洋者飭令繳回等因又咨到本衙門大臣崇奏云奏爲出使隨員亟宜愼選以杜冒濫責成出使大臣隨時考查其不能得力者破除情面卽行撤回勿得徇隱奉
旨依議讀之懍然應如何勤愼將事方能稱職　陳任案

初五日晴

撥付駐日參贊楊慕璿川資銀一千八百六十二兩卽於明日啟行赴日　舊案載使館房租每月美銀五百圓每年六千圓　因

按外洋費用之亘於此可見一班現居使館爲鄭任所手賃價亦如前並不宏敞其宏敞者價且倍之館後外部布連業主一楹每年一萬餘圓泥沙金銀至斯而極陳任案

初六日晴小雨

是日前出使大臣張蔭 午刻見總統辭行 光緒三年正月二十四日出洋肄業局稟幼童一百二十名經費銀一百二十萬兩漸不敷用請添 銀四十九萬二千兩云云北洋大臣李批查容道本係原議章程之員美國又爲熟遊之地南北花旗戰爭亦非在定議出洋之後當議章之始凡書院之大小束脩膏火之多寡物價之貴賤該道 應已一一通籌不然何以原議稟內有通計二

十年經費百二十萬自無缺乏之語雖現在用費較多有原議所
不及料之處然所短亦不至太亘今遽請增至四十九萬二千兩
實覺相去懸甚爲數過鉅云云 陳任案

初七日晴

美國數大名城中人數若紐約若費拉得爾費若希卡果若弼樂
克零若保司登人數皆有百餘萬或數十萬紐約一城以城外附
近各處人民計之幾有二百八十萬希卡果人數亦視費城爲多
故美國城之大以紐約爲首而希卡果次之 光緒五年正月寓
小呂宋華商陳最良具呈以小呂宋官員苛稅虐政請援六年七
月駐日黎參贊照日外部請設領事九月又照催之外部覆以須
由藩部主政始終推諉

初八日晴小雨

明日遞

國書因率參贊繙譯等於使館先演禮　光緒三年十一月總理

衙門咨稱本衙門附奏請飭出使各國大臣隨時咨送日記等因

查出洋差使本以聯絡邦交採訪風俗隨所見聞參互記之交涉

竅要即在其中富強之模亦有補焉　陳任案

初九日晴

拜發呈遞

國書摺　見總統遞

國書已刻帶參贊一人隨員二人繙譯二人坐馬車至外部門首

有人接入路寬不過一丈約行十丈至一小房坐房中有機器升
至樓上然後出房至一處見總辦副外部卽偕行至公使客廳先
有二人在焉因等亦坐定副外部以腋夾因一手偕至外部大臣
布連處布連立談作寒暄語遂同車至總統宮布連亦以左手夾
因一手引入總統之客廳布連入內少頃總統至立堂下之中布
連立總統之右因與總統對面立參贊等分兩邊立因鞠躬者三
立近數步出懷中紙誦頌詞畢恭遞
國書交總統總統敬接受交布連乃出懷中頌辭誦之誦畢近前
握手爲禮作寒暄語禮畢總統退因與布連亦退總統外部大臣
均科頭不冠常服因與隨員皆行裝禮甚簡由外部衙門回遂謁

各國公使

初十日晴

美國米西西比河與中國黃河相似因以中國黃河屢決民人蕩析國帑多糜查詢美員據云米西西比河前此曾費銀三千餘萬得以無事然亦難恃仍恃時時防之又云美國治河以收束河身束水入海使泥淤不留此法固善但治河之法亦非一端地球各國講求水利以和蘭爲第一緣和國四面皆海其地勢甚低窪故於防水最切該國防水既設直隄直隄之外又設横隄蓋直隄依水爲之以防水之外溢横隄又設於直隄之外遙隄之內即使直隄潰破有遙隄阻之又有横隄格之水勢潰過直隄又至横隄其

力已減可以自止不至遠流修治亦易也因蹕其言歸援筆而記之　謁美各部堂官三日而畢

十一日晴

航海會委員陳恩燾賈凝禧到　謁外部各部見戶部大臣談及美國出口貨物據云美國出口棉花計値銀二百五十兆圓糧食計銀一百五十兆圓油肉兩項計銀一百三十五兆圓牛羊豬三項計銀三十二兆圓其數少者未能全記已五百七十二兆圓合中國銀五萬萬兩零矣

十二日晴

謁議院紳　美軍器廠創造氣礮久已著名光緒十年法爭越南

時中國大吏李鴻　張之　向購以不能試驗未成近聞德國有人名葛魯生者已能仿造未知確否　光緒四年二月總理衙門咨稱自天津條約議定以來中外交涉事件無不照章辦理而各國猶有辭因以貨物出入內地釐捐不歸管轄一體均霑四端反覆辨論令告美外部可謂詳盡　因按外國與他國交涉無不好佔便宜中國於外洋入口之稅所訂至輕查內地江河泰西各國向不准他國之船行駛今准其運入內地乃欲并釐捐而除之是將求其貨物成本愈輕以奪我出產之利也滬上租界章程其初議本未當乃欲推及他處干預我之內政此必不可行者一體均霑即泰西報施之約平等交涉豈有有施而無報者豈有不施而

索報者彼族習於我

國之寬大隨處覬覦誠宜有以限制之也陳任案

十三日晴

答拜陳恩燾賈凝禧該員以客棧食用太費請借使館暫寓允之

查美國大書院有三百六十所分布各省讀書其中者六萬九千餘人小書院不可勝數民閒子女幼時無不讀書即黑人亦無不識字可謂教養兼備矣

十四日晴

陳賈二員移入本署　謁律師科司達　美國鑄銀錢之局每鑄銀一兩可獲利二錢五分鑄銅錢之局每鑄一千斤可獲利銀九

百兩　因謹按外洋官商通用無所謂計兩之銀也各國皆以本國所鑄之錢交易亦不用他國之錢也其不計兩者防奸人之減平減色所以便民其不用他國之錢者防本國之利爲他國所侵所以裕國中國戶部寶泉局歲鑄大錢大抵以十萬之本鑄五萬之錢是於國無利矣然猶曰欲以便民也乃制錢一出而奸人輒銷燬以售銅或以改鑄偶有破案置之大辟是不能便民而且以病民矣其弊由於錢質重故銷者有利鑄法不精工故私鑄易仿爲也因嘗奏陳其弊矣

十五日晴

美國各埠前用火車馬車者今聞改爲電氣行車華盛頓已有之

較之馬車爲速而聲不嘈雜且無煙氣聞英法各國均有之　光緒四年十一月出使大臣郭咨稱華商稟言英屬域多利征華人身稅按名四十圓請告英政府删除當卽咨照英外部外部覆稱已咨藩部核辦等因　因查華民所寓英國屬地如新加坡新金山卡拏大均有身稅法於越南日斯巴尼亞於小呂宋古巴荷蘭於三寶壠均征華人身稅泰西嗜利無厭其情然也域多利地方近日仍收華人身稅則此例藩部實未除矣陳任案

十六日晴

律師科司達偕其夫人來拜　再謁各國公使英公使俄公使西班牙公使均見　中墨洲哥斯荅立憂國版圖甚小約抵中國兩

府人數計二十餘萬而善於經營五十年前國家進欵不上二萬圓近年竟增至四百萬圓其出口之貨以茄非爲盛云　光緒五年二月奏派山域治埃闌商董等因　因查地球圖太平洋島國俗稱爲檀香山者又名夏威仁泰西實稱爲三德椗蚩其都城名霍納奴奴附此以備參考　陳任案

十七日晴

送律師剕緞一疋熟羅一疋虎皮一張五層磁盒一對　因聞美國郵政局近歲入欵至五千萬圓可謂鉅矣泰西各國皆以此爲入欵之一至派大臣以經理之如美國之有郵政部大臣是也中國以驛站遞公文以信局遞書信分而爲二以視泰西之合而爲

一者殊矣驛站之費每年約費國帑三百萬兩以視泰西之作爲進欵者又殊矣驛站便官而不便民以視泰西之官民均便者又殊矣古之聖人見蝌蚪而造字見蜘蛛而造網見轉蓬而爲車見竅木而造舟固取法於昆蟲草木矣又何必以外國而鄙棄之哉

十八日晴 是日甚暖可着單衣

美國鍊鐵廠每年所出鋼鐵一千三百萬頓其鍊鐵廠內鎔鐵之爐五百餘座壓鐵機器四百餘件壓鐵之爐六千餘具化鋼之爐不可勝計其法亦多造鋼之廠計一百三十餘所三十年前每鋼一頓值銀一百四十兩自新法出而造成較易近日每鋼一頓只値銀二三十兩計每年所用鋼四百兆頓所省銀三四百萬兩然

則新法之益大矣

十九日陰 申刻以後雨

英公使俄公使來會　美國農民種地及果木每年納地租銀五萬五千圓　光緒五年五月北洋咨稱美國賠款盈餘銀兩酌商交還濟用等因　因查此項本銀二十萬圓歷十四年息已逾三十萬本息共五十餘萬圓足見外國善於理財嗣於鄭任一律收回矣

二十日雨

米建威來謁自言曾至中國見李傅相盛宣　馬建忠　美外部布連派黑人德禮時爲駐奚公使欲該島歸美保護並三德明哥

島亦歸美國保護　光緒六年五月駐日參贊寄到安南與日國和約計十二欵蓋光緒三年所訂也其第六欵如日國人民在安南犯案應由日國領事查辦照日國例定罪如安南人民在日國犯案亦按照日國例定罪顯有軒輊此歐洲與亞洲立約習氣也

陳任案

二十一日晴

各國產金以美國爲最多按年計之聞美國歲出六百八十七萬磅新金山五百六十九萬磅俄國四百一十八萬磅中國七十萬磅印度六十七萬磅德國三十一萬磅日本七萬磅義大利二萬磅　光緒五年十二月南北洋大臣咨到

上諭福建船政局近來專徇情面濫竽充數提調監工不諳洋務所造輪船難以適用虛糜薪水出洋學生近來多入耶穌教等因

因 按從前沈文肅嘗言船政局講求造船大臣不如監督監督不如工頭其信然歟出洋學生入教由於提調失人近且有肄業學生失業之事廢弛眞不可問矣尋於光緒十一年撤囘 陳任案

二十二日晴

偕畢士璧陳恩燾賈凝禧三人往外部赴航海會并見總統 總領事左庚赴金山 光緒五年十二月洋員副領事傅理祕來函云美國上等人因中國派爲副領事均以禮相待惟埃利士工黨聲言將其刺死然不足畏蓋深悉工黨之情形云 因 按工黨之

妒華人已非一日惟彼時美國官紳尙未顯附工黨今非昔比矣

陳任案

二十三日晴

赴航海會此會應推一人爲主議英水師提督推美國水師提督爲主議衆允之水師以英爲最強故創言由英而衆不敢抗孫武子所謂勇怯勢也強弱形也　因謹按美國創航海會其實美國兵船殊不足稱而商船則差勝查兵船之數英國五百十六艘法國三百四十二艘德國二百五十二艘義國二百二十二艘俄國二百二十艘中國九十六艘日本國八十六艘查商船之數英國四千八百八十五艘德國六百四十艘法國四百九十艘美國四

百二十五艘俄國二百二十艘日本國一百七十二艘中國四十二艘　因謹按以上各國俄英之土地稍廣於中國而一則荒寒磽瘠不如中國之膏腴一則散碎奇零不如中國之生聚至論其民則惟英俄得中國之大半其他德法各國皆不過十之一耳然其進欵皆四倍於中國則以商務之盛也中國自開闢以來均以貴粟重農爲本以商爲末自是王道然弧矢之威一變而爲槍礮天塹之險一變而爲坦途議守議戰其費百倍於前人商務不興費必不給物窮則變聖訓有明徵矣

二十四日晴

聞東洋益奇謹地方大遭水災漂沒人數八千　自有遠鏡以來

以美國之鏡爲最大所見亦最遠其第一大者在金山山顛其鏡寬三尺六寸係美國大富戶里克創成故名里克千里鏡里克因創此鏡先修房屋費一百萬餘圓由此鏡窺天水星已可明白其中有地有河有海有島有冰雪有雲一一可辨第二鏡在華盛頓因往觀之其房爲圓形有機器可旋轉如意鏡面寬三尺餘長約二丈餘以機器運動南北東西均可準對以窺天則無星處多有星且有紅色藍色者以窺月則月中只見水溶溶然其光射目不可久視及目離鏡則目光晃耀不能見物閉目久之方可復元與視日彷彿矣察天文之總辦爲因言天行至速遠鏡之架以電氣運之其運之之遲速一準於天之行然後可以久視而見之否則

天行而遠鏡不行不過刻許而星已離鏡矣

二十五日晴

美國地利向謂北多礦產南宜植物近日查考則南境亦有礦且有一礦而煤鐵分列左右於製造最爲便利者南礦之開又漸多矣　因謹按美國之礦甲於地球而習礦學者多開礦者亦多殆所謂有土有人有人有財乎中國之礦泰西各國均以爲極廣而部言洋務者乃創言爲天地留不盡之藏置目前之急務而不興是說也因竊疑之

二十六日晴夜雨

美國內部大臣新建苛制華人假道三事電達各口岸稅司遵行

卽商之律師議與駁詰　美國各部公事皆用女人謄寫列肆亦用女子郵政局寫字亦用女人每月工資銀五六十圓至八十圓不等聞英國亦然　檀香山爲大東洋之島國地廣人稀華人趨之者衆土人忌之光緒六年派主事朱和鈞往查於次年奏設領事矣而檀國以兩國無約於公法不合遂改領事爲商董焉　因按墨洲開闢僅二百餘年土人皆黑種而甚少各島尤稀故華人相率而往保護無人故土人嫉之公法設領事必由主國給准照檀島以無約不給准照則無保護之權故改爲商董亦權宜補苴之計耳　陳任案

二十七日晴

日本附輪赴檀香山之民是次計一千八百名　美國紳士言煤油之利實創始於美國創始之時初開一井第一年出油五千桶每桶三百斤以後開井日多次年即出五十萬桶第三年出二百萬桶至一千八百七十年出六百萬桶一千八百七十四年出一千一百萬桶一千八百八十年出二千六百萬桶一千八百八十二年出三千一百萬桶本國不可勝用始出售於五洲各國俄國所出亦多自一千八百六十三年巴庫地方出煤油五千餘頓以後漸多至一千八百八十九年遂出三百三十萬頓始以美國爲最多者今俄國又出於其上且用以代薪地不愛寶任有力者取而用之耳　因謹按土爲萬物之母天下之物未有不生於土者

也開礦之事或以爲洩地之氣或以爲盡地之藏不知地之厚三萬里地球開礦其至深者至七十丈止矣尚未及數萬分之下而何能洩其氣又何足盡其藏乎惟不得其人不得其法則雖言興利而無利可興不免訾議耳

二十八日晴中夜大風送雨

德國開議院以修武備整頓水陸軍立銀行究辦會黨設理藩院專理本國屬土事宜爲要務德皇卽擬親遊各國會晤各國君主以修睦誼固邦交　光緒六年二月古巴領事以古巴約成照會古巴總督由日國備船送回被拐之生員洗佐邦李貞元守備廖楚安楊大志老年陳羅等七名又釋放監禁之華工若干名給以

執照等因　因於光緒十五年三月奉
使美日祕會至總理衙門咨究前案知古巴之虐待華人始由美領事英國禁奴會發之各國皆不以日國爲然日使初猶崛強繼派員查明屬實乃始就範立約而華人出水火矣陳任案

二十九日大雨天氣轉寒午正下爛雪至地而化

南亞美利加厄瓜多國惠愛基埠地方以華人入境日多議禁華人入境　光緒六年美國約各國議防黃疫名爲防疫會議者十八國中國公使與焉考其所議以所居潔淨爲本防生疫也以查驗入口之客民爲事并令領平安之照爲憑防染疫也議多委瑣繁重必不可行卒以罷議　因於此見美國之用心焉各國客民

之來美者年多一年美之民數驟增葢有人滿之慮矣藉此限制客民之來亦一策也陳任案

十月初一日晴

昨訪事人問於下院議紳布郎曰將來會議時禁止華人一事何以處之布郎答曰此事我與諸紳意見不符以爲有背和約會駁禁絕華工之例華人在此受美人淩辱美廷不爲補救殊屬不公華人素性勤慎天資靈敏謹遵國法絕無滋擾作亂營鑽於官場等事惟只好吸洋煙然與美人飲飛時記酒無差焉華人既受美人欺侮我固謂其不必來美我亦不敢謂華人之可盡行逐回也

初二日小雨晴

請英俄日祕檀香山各公使美按察司律司科士達醺祕使未到

聞英公使言前曾爲香港總督又云印度電綫共有三萬三千餘英里所發電報計二百九十餘萬次計收報費銀十二萬餘兩除費用外餘銀四萬餘兩因又詢英公使使館章程英公使云自公使以下辰正入公事房各辦所司之事申正則息至使館所用鋪陳器具除客廳公事房大餐房歸公費購置外公使及參贊隨員各房所有鋪陳器具均由本人自行購置卸任時估價售與後任仍不相強

初三日雨

前紐約領事易學灝來見仍返紐約　光緒六年四月直隸爵閣

督部堂李咨准總理衙門咨稱小呂宋華民五六萬以該處苛例日增應設領事保護等因　因查此舉至今十餘年未能議妥惜不於古巴立約時趁日國外畏人言一齊訂定近恐不易成矣　陳任案

初四日　東南風大雨未以後晴霽見日

聞俄皇赴德會德皇德相畢思麻與言時事謂宜保全和局俄皇曰如德不先啟釁俄決不爲戎首請勿疑也畢思麻又言德奧義之盟非欲與俄爲敵德英之好亦無妨於德俄之好也　光緒六年八月直隸爵閣督部堂李咨由天津至上海設立旱綫電報以通軍報而重防務等因　因查電報之速頃刻萬里呼應靈捷最

宜於行軍方兩國齟齬之日戰局和局須臾而變卽戰局已開爲戰爲和亦須臾而變如無電報則此處已決裂而彼處猶不知敵國來攻以備應戰是束手就斃矣方罷戰議和之時和事已定訂明息戰而他處猶挑戰是又違公法矣有電綫則無慮是陳任案

初五日晴

中國楊柳交秋卽落葉望冬禿矣此地楊柳淩冬不凋可知天下之理甚大未可以所見所聞概之者此其一也　光緒六年九月總理衙門咨稱七月十八日美國修約使臣來京續修條約等因因接此卽中美續約所由成也約首言華工日往日多彼此商酌變通而第一欵卽定年數人數之限且言限制進口蓋此時已

露禁工之端倪矣　陳任案

初六日晴

美國戶部章程凡本國大小貿易概不收稅惟外國貨物入美國銷售者則重其稅至有値銀千兩而收稅五百兩者蓋欲使本國之人購本國之物庶金銀不漏於外也查美國立國之初有數省不隸美籍者美廷特重其稅使知屬於美者稅可免不屬於美者稅必重卒至望風嚮慕隸入版圖近年以來墨洲之地凡屬他國者如英之卡拿大日之古巴自主之國檀香山皆因美國收入口之稅太重而商民欲隸美籍也見於報者屢矣將來或有變更乎

初七日雨

聞美國水軍提督某於初九日（西十一月一號）由紐約將所統兵船駛赴歐洲葡國日國及各國俾精駕駛用輪而外兼用帆行至歐洲後並往他洲以誇耀本國人才之盛戰艦之堅俾各國不蔑視　光緒六年九月金山領事報到美國嘉省新議凡不准在本省隸籍不與投籌公舉省員之別國人等不得請領牌照不准華人設鋪不准僱用華人徙華人於境外不准捕魚工黨揭竿以逐華人云云　因按此時太平洋一帶已嫉華民而顯言不與投籌公舉其用意可知矣　陳任案

初八日晴

光緒六年十一月金山六會館稟華人自相戕殺尋讎不已云云

因查美國此時上下已惡華人而華人行爲如此宜美國輒以有礙昇平爲辭查商家多係正人其不安分者大抵游手之徒不爲鄉里所容逋逃至此耳外洋刑罰甚輕非有互交逃犯之約公使領事均無權嚴懲之也 陳任案

初九日晴 大霧

天津來信云鐵路已停不辦 光緒六年十二月金山領事稟稱兇惡強徒互相朋比各持槍刀白日截殺云云華民行爲如此宜美國之不相容也可慨也夫 陳任案

初十日晴 是夜天氣轉暖得雨

五更起盥洗黎明率使館各員恭祝

皇太后萬壽是日巳刻設麪席申刻設酒席讌諸員航海委員陳恩燾賈凝禧亦與讌　光緒七年七月寓祕魯華民稟稱被拐來祕之數萬人今遭智利攻破祕國土豪串同智利兵官強擄販賣已數千人請速援救云云　因查祕魯強預智利與玻利斐亞戰事左袒玻國戰敗智兵入其都城中國寓祕之民尚未設官保護而粵人亦有助紂爲虐於中取利者故罹此辜也　陳任案

十一日大雨　東風未後晴

洋員柏立病重久不到館蓋半年矣富與律師商酌設法裁之

光緒七年閏七月二十九日爲咨解事案照本大臣奉使美日祕三國所有頭年出洋經費等銀經江海關道解到庫平銀二十萬

兩現經貴道台面商劃出庫平銀八萬兩交與貴招商總局其銀隨用隨提乞將收到日期見覆須至咨者右咨督辦輪船招商總局飭選道唐徐 鄭任案

十二日晴 轉涼

光緒七年八月委辦輪船招商局爲申覆事八月初二日奉此查前項庫平銀八萬兩當於本月初一日如數兌收聽候隨用隨提不誤 因查此欵於光緒十一年八月結案 鄭任案

十三日晴

查各國疆域以英里計英國連屬地八百六十餘萬里俄八百五十餘萬里中四百四十餘萬里美三百五十餘萬里巴西三百二

十餘萬里土耳其一百八十餘萬里法一百餘萬里和六十餘萬里德三十餘萬里奧二十餘萬里日本十四萬餘里比國一萬餘里　因謹按日本版圖抵中國三十分之一耳而崛強之勢不可嚮邇自夷琉球後而法人生心於越南英人蠶食於緬甸皆日本啟之也中國之形勢何至不如日本而日本乃敢於侮中國哉

十四日晴

十月吳編修嘉善移容副使文照得出洋駐美肄業局各學生業已奉文收局惟局屋係貴大臣與前在事諸人議建現惟有仍由貴大臣暫行派人看管或留或變價歸公亦應統由貴大臣酌定辦理其局中器用各件亦一併列簿照交希即查收又貴大臣原

交洋字帳單七箱帶回無人認識應仍檢出移交以便查核又交來單據工匠估開約須修理銀一千貳百圓繙譯核開洋明年通年地稅銀二百七十二圓又明年通年保險一百五十圓看管工人二名至明年洋六月底止薪工銀共四百六十圓煤炭水火一百四十圓俱明年洋六月底止如數備具銀兩同局屋一所局中器用帳簿一本原來洋帳七箱統移貴大臣查收并希卽賜收到公文見覆施行鄭任案　因按此移文可謂光明正大一相形閒而賢否見焉

十五日晴

古巴領事譚乾初曹廉來　十二月覆古巴總領事書云以該島

當日之事勢而能有今日辦理之情形殆始願所不及者官工所既經撤去華民滿工者均得為自主之人雖其行街紙章程朝令暮更華民不免受累然較之從前之被虐相去懸絕況各國俱已照辦我國自應從眾閣下於各埠分派代理每照許給銀紙一圓經費無須另籌而能使權自我操洵為善法 鄭任案

十六日雨

譚乾初曹廉赴古巴任 十二月總理衙門咨到陳大臣第三次報銷奏准案內抄原奏滙水折耗一欵據該大臣冊開奉撥經費山上海滙至倫敦再由倫敦分滙巴黎馬得力華盛頓等處轉折愈多折耗愈鉅惟各國公使經費均由上海滙至倫敦又由倫敦

分滙各出使大臣均未開報滙水折耗名目此次擬照案准銷仍知照接辦大臣鄭藻　令其向曾紀　等將收支經費章程詳加考訂嗣後册報應歸一律以免紛歧等因又册開滙水折耗用銀二萬一千三百四十三兩零三分五釐　因查本年共用銀十五萬九千三百零七兩七錢七分而折耗如此蓋八五折矣鄭任案

十七日陰晴

查各國民數中四百兆英二百五十六兆俄一百二兆美六十四兆法六十一兆德四十五兆奥三十九兆日本三十六兆土耳其三十二兆和三十二兆巴西十二兆比五兆　光緒八年三月函復古巴總領事云歐美兩洲風俗飲食男女最爲切要若欲擯絕

酬應專務辦公於事斷難有濟然亦必須胸中具經緯者方能於酒食徵逐之間善榮辱樞機之用不然或輕佻浮蕩為彼所輕或恒舞酣歌忘民之事亦未見其能有益也鄭任案

十八日晴

前美國總統格蘭脫之子來見談次知為格總統之第三子也

三月美國戶部抄到光緒七年中美條約第二欵彼此不得私運洋藥入境鄭任案　因查美國稅關仍准洋藥入境不過收稅極重近議每洋藥一磅計十二兩收稅美銀十二圓又查泰西各國之於煙酒收稅至重以其非民生日用所需也若夫美之於洋藥日之於呂宋票祕魯之於賭局戲園皆征重稅蓋以為禁之而終不能

絕不如征稅以困之則不禁而禁之意亦於虞書之贖刑漢書之輸邊有合也

十九日雨

美國新聞載俄國撒馬兒罕鐵路已造竣裏海以東火車來往便利此地至中國塔什干只五百八十中里亦已興工添造　四月兩廣總督張咨稱小呂宋島華商公稟請設領事所有經費該商等情願籌備等因十一月北洋大臣李咨情節相同幷抄到華商稟呈小呂宋苛政十六欵華人入境有費驗病有費註册有費身稅按年六圓女三圓修路醫館買賣貨物牌照出境節節有費匿者重罰華人與土人爭無論曲直罰充苦工土人戕殺華人不過

監禁種種虐政不可勝數九年四月具禀恭親王派員往查實在情形並擬設官章程七條及經費每年四千兩究未辦成鄭任案

二十日雨

比利時為歐洲之小國向與荷蘭同壤後分為二國地少而人多所出之糧不能供食專恃製造通商以為國用計通國製造之廠有二萬六千六百餘所需用之人約五十萬各廠進項每年有二千一百七十七兆法蘭克合中國銀三萬萬餘兩耕種之人每年每人可得銀一百九十餘兩工作之人則五倍之其他如紡織如屠宰如酒如煤如煤礦如絨如鐵廠如機器廠所入之欵甚鉅

二十一日雨

英國裴達直銀行用司事者九百人薪水每人四百兩至一千八百兩不等每年薪水約八十四萬兩行中所存現金銀自六千萬至八千萬不等所出之票約八千萬兩每年進欵約八十萬兩國債約三千萬兩每年繳英國家滙票稅銀約二十八萬兩可謂大矣

二十二日晴

英員由印度遊中國者見中國之東三省謂須加意經營否則將爲俄人所攘俄人經營西比里亞等處鐵路必通至黑龍江琿春地方鐵路旣成則中國無從措手而英之印度亦可危矣印度一區英與法苦戰幾三百年方能據而有之俄得印度則東方商務

必敗而新金山亦危矣

二十三日晴

六月總理衙門咨到奏釐定寶星章程單開頭等第一專贈各國之君頭等第二給各國世子親王宗親國戚等頭等第三給各國世爵大臣總理各部務大臣頭等公使等二等第一給各國二等公使等二等第二給各國三等公使署理公使總稅務司等二等第三給各國頭等參贊武職大員總領事官總教習等三等第一給各國二等參贊領事官正使隨員水師頭等管駕官陸路副將教習等三等第二給各國副領事官水師二等管駕官陸路參將等三等第三給各國繙譯官遊擊都司等四等給各國兵弁等五

等給各國工商人等

二十四日晴

六月總理衙門咨到巴西國條約十七欵於光緒七年八月十七日訂定該國志在招工而全約并未言及者蓋爲李傅相所制矣

嗣巴西相臣錫呢布求賞寶星據情代請當經總理衙門奏明賞給頭等第三寶星鄭任案

二十五日小雨

六月咨復浙江巡撫請購造槍彈機器云准貴部院咨開據軍需善後總局司道詳稱浙省前購各式後膛洋槍現存無多各式槍子爲數有限時時購自外洋不能自行製造甚非長久之策浙省

昔年所購之車床鑽床刨床汽機馬力等項俱尚可用若再添購槍子機器小副及軋銅皮等機器自可自行試造等情據此相應咨請飭員代購新式簡便中針槍子機器一副林明敦馬的尼子模各一副軋銅皮磨輥一副英尺二十餘寸大車床一副幷各機器應配輪軸各件及零星各件均祈酌度配辦其新式哈乞克司及呍啫士得槍二者孰爲輕利便捷價值若干幷刀頭矛頭槍子各價亦請考詧函復等因到本大臣准此查製造槍子係屬專門機器浙省前購之件想皆製器之器未必可適於製造槍子此時既議添購造子機器則其器之力量大小與須添購某式若干均非可以懸揣而得倘有舛誤恐難適用徒費鉅貲擬請派員攜同

明白工匠先將浙省原有機器逐一查明或令再赴上海製造局將製造槍子各器亦行遍查酌量應添某器若干即就近在於上海洋行面訂包運庶無短損及參差不合之慮云云　因嘗聞之吳春帆京卿言製彈之銅與他銅迥殊自捲片以至舂殼提不淨者則舂必裂且舂坎之力亦不同錠之於膛如溢一絲則不能入膛縮一絲則氣泄而彈不遠其中精微奧妙非考究有年不知也志之以爲購外洋機器者告鄭任案

二十六日大雨

美國太平洋將軍米利司招集該處議院紳士會商太平洋灣一帶地方之善策紳士麻勞云宜建造礮臺會請撥款一百兆圓以

爲建築鑄礮之需內二千七百萬圓以爲三藩昔士哥即金山海防

經費

二十七日雨

八月北洋咨稱美國棉花籽種八百磅發交趙州知州楊蔚散給民間布種華洋土性不無異宜咨請將美國種植之法譯寄等因

因嘗詢訪種棉之法咸稱王瓜能生之地棉亦能生其土宜燥則北方天時地氣似亦相宜惟人工甚勤尚須時時芸草去蟲若惰農自安則花漸瘦絲亦漸短矣 鄭任案

二十八日雨陰

十一月總理衙門咨到內開准貴大臣咨稱滙水折耗情形查美

日各署俸薪除日都使署距倫敦稍近滙寄無甚折耗可不計外所有美都金山古巴三處每年約支俸薪七萬餘兩共需滙水銀二千餘兩作正開銷將來祕魯開辦亦照此核給等因　因查以後鄭任所報較陳任原數約十之一　鄭任案

二十九日雨

是夜美國華千拿省沿海起風漂覆船艦甚多　十一月奏請設立紐約領事咨呈總理衙門大意謂美國西邊爲太平洋爲金山埠東邊爲大西洋爲紐約埠近紐約華人亦漸多且其地與古巴相近華人由華往返必由之徑酌設領事以資保護云云　鄭任案

三十日晴

接江海關道龔照　電云經費已撥　十二月總理衙門咨爲美國會商頭黃經度事十年八月始開議英國日本專派人員餘多以公使代集美外部衙門派定精通格致人員畢遂請決議一綫畀衆國奉爲中經綫美國赴會博士魯他科乃言於衆請以英京格連濆除綫爲首綫法員不從英員爭之一時互相辯論頗爲暄沸美國管理航海事務人員聲言於衆曰茲有請者貴員等若能以格連濆除爲中經綫請卽定之不然勿議可也緣英美兩國刋刻輿圖向以該綫爲首今若更易中綫則前圖盡廢在英則須一兆磅之銀方能補改刻之費在美則須一兆圓之數也實屬萬難遵行遂定　鄭任案　因少時讀爾雅四極嘗疑之其文曰距齊州

以南戴日爲丹穴北戴斗極爲崆峒東至日所出爲大平西至日所入爲大蒙考周天之度赤道溫帶皆戴日也且戴日之南爲冰洋則地尚有在日之南者矣不止於丹穴也黃帝氏訪道於崆峒山則崆峒非極北近年由那威國探得戴斗極者爲北冰海其地實未見山焉測天者經綫有盡處而緯綫無盡處經綫盡於南北極如輪之軸有兩端以一端爲南一端爲北是也緯綫如輪之匡循之無端如中國所謂大東洋美國以爲大西洋也美國所謂大東洋歐洲以爲大西洋也中國赴美由大東洋指東可到由地中海指西亦可至也中國之午刻卽美國之子刻中與美互爲晝夜則中國之日出卽美國之日入合地球而論之無處非日出日入

之地日出之地即日入之地日入之地即日出之地蓋以地球每日旋轉一周其初向日之地即爲日出其初背日之地即爲日入日本不動安有所謂出入者哉頭黃經度美願以英爲中綫而法爭之亦以經綫有南北而無東西隨處皆可以爲中綫故可以爭美之格致家但能以刋圖經費藉口而終不能以是非爭者此也

十一月初一日晴

光緒九年四月請設紐約領事一摺奉

旨依議當即開辦　因查紐約華民約五千人工黨亦惡之而官紳尚有權故尚無驅逐焚殺之禍鄭任案

初二日晴

六月總理衙門寄到一案內載光緒四年五月初六日閩浙總督何文稱美國佛叻士別喇帆船在恒春縣紅頭嶼地方觸礁擱淺經琛航輪船幷地方文武盡力保護旋報帆船自焚據臺灣道夏獻綸稟報前來於本年三月初六日咨呈貴衙門登照在案嗣據夏道稟稱二月初二日夜諸挨士目覩該帆船被焚殆盡乘另僱之安瀾小船鼓櫂盡去驀赴香港領事魯陵處呈控魯領事據諸挨士一面之詞判斷華民焚搶屬實由恒領事函知夏道訂期赴臺會查等語當經飭令夏道將帆船起火情形詳查迅復會商妥辦具報旋據夏道稟稱恒領事於三月初八日抵臺該道卽往與會晤詢知前此駐泊帆船旁邊之美國兵船船名嗟噎當提集琛

船管駕林高輝等及英國領事費德里等到案會同逐細研問據李辭等僉稱二月初二日諾挨士借兵船官尋覓礁跡是夜十一點鐘帆船火起該兵船放礮懸燈示將往救帆船上洋人不挂回號至初三日天明六點鐘諾挨士由嗹噎兵船回入安瀾小船卽催喝何以尚不開船不問帆船如何被焚旋卽開行等語美國兵船各兵官皆目覩其事船主諾挨士稟云該船於西歷三月初五夜在龜仔角被土人放火燒燬該船并船內貨物價値若干現欲向中國索賠等語嗣英領事不以爲然美兵船亦駁之遂結鄭任案

初三日雨

近有美國人殷尼奴文自越南歸述越南近事云法得越南後設總督以治民派將軍以守境文武不能和衷武員專事殺戮越南苦之商稅又重商人裹足華人出港入港均收人稅時有英商小輪船名島利鴉在英只收船鈔二十元日本長崎收七十元橫濱收五十元香港收四元出入海防則須三百零二元二角可謂重矣

初四日雨

七月北洋大臣咨內開李攀桂撤回學生撥入水師學堂肄業乃因父病潛赴美國迅速勒令回津等因　因查李攀桂已與梁姓在紐約開設店鋪名爲梁李公司　鄭任案

初五日 雨晚大霧

九月美外部照會云此會名曰賽天下技藝及棉花百年大會乃美國朝廷及種棉會館並紐鴉連城官民協力辦理美國棉花初次運赴外國通商之事迄今已及百年故專賽各種棉花棉貨兼賽各國技藝製造土產礦產等件以見百年之間諸務振興教化日進本國總統深願

貴國朝廷屆期派員赴會云云 因查美國之於棉花如此其重宜其棉花通行地球獲利無算也 鄭任案

初六日 侵晨見日又陰

九月夏威仁國送到普魯書譯其畧曰我國朝廷聞某國君主借

某屬地有謀吞波利彌施亞羣島中之數島暨亞記祕理高島之事我國見得此舉是以特作此書力拒其謀敬告於各大國願各大國同認波利彌施亞各島皆有不能讓人之利皆得自享求進之益皆可操其自治之權並請保護各島得與敝國共享此等平康之機會俾同附於萬國之中也 鄭任案 因按此藉各國之牽制以圖存亦無可奈何之策也然而歐洲諸小國之不亡者多由是矣

初七日晴

英屬卡挐大地方官已奉英廷之諭飭將哥林卑亞全境所立徵收華民之稅例脩改俾薄稅歛減取人稅以免妨礙中英和好云

云 十一月出使德國大臣咨爲和國衒奇會官貨酌留使館照原價歸欵云云當經酌留棹椅屏彩各件 因查其時銀價每規銀三兩九錢可得英金磅一較之今日大懸殊矣 鄭任案

初八日雨

十一月片奏開辦祕魯使事十年閏五月奏啟行前赴祕魯六月二十九日到祕魯都城查得祕魯田寮虐待華人督工者鞭撻晚則鎖腳置於黑監工期已滿仍復措留擅造合同強擄入寮工作日夜不息私刑拷打合同已滿又復轉批數年祕智之戰殺戮尤多到祕後與祕外部仗義執言一一請除當已次第辦妥矣 鄭任案

初九日晴

俄皇至土耳其國見其君主開宴盡歡土君因請俄皇保全和局

前此智祕之戰祕都爲智兵攻破華民被殺者一千餘人近鄭大臣託美國駐祕公使勞覲代請賠䘏勞覲往謁智國外部大臣坐談良久外部曰邇者智國帑藏日竭外耗日多不得不極力防維以保國家利益近來各國咸向討償幾成援例之事竟有無數祕民不能度日者設局假冒破失財產藉端求償以爲餬口計及請公正人細查其中妄報不實之款不下數百起戶部因爲所困至於華民一節其中習業體面者固甚稀少此乃公衆所共知無論性命財產遭没於智人之手爲數亦屬有限況智人於華民財命兩端均曾竭力保護此又不辨自明者也無所賠償 鄭任案

初十日晴

美國開議院謁上議院首紳　德皇與后坐兵輪偕至義大利國又至土耳其國　查美國議院章程上議院紳共八十八人下議院紳共三百三十二人上議院紳六年一任每省舉兩人下議院紳兩年一任各省准舉多少不同上議院紳每年俸五千元下議院紳每年俸五千元上議院長即副總統每年俸八千元下議院長每年俸八千元　美國共四十四省茲將各省之名與各省舉下議紳若干人并各省總督年俸列左　阿把巴麻省准舉下議紳八人總督每年俸三千元兩年一任阿甘色省准舉下議紳五人總督每年俸三千五百元兩年一任加利寬尼亞省准舉下議紳六人總督每年俸六千元四年一任科

羅拉都省准舉下議紳一人總督每年俸五千元兩年一任干揑底吉省准舉下議紳四人總督每年俸四千元兩年一任特爾拉莘省准舉下議紳一人總督每年俸二千元四年一任佛勒爾勒釐省准舉下議紳二人總督每年俸三千五百元四年一任若耳治省准舉下議紳十人總督每年俸三千元兩年一任埃大曷省准舉下議紳一人總督年俸任期未詳麥倫諾爾省准舉下議紳二十人總督每年俸六千元四年一任英釐安納省准舉下議紳十三人總督每年俸五千元四年一任埃阿瓦省准舉下議紳十一人總督每年俸三千元兩年一任甘沙司省准舉下議紳七人總督每年俸三千元兩年一任干德紀省准舉下議紳十一人總督每年俸五千元四年一任魯西安納省准舉下議

紳六人總督每年俸四千元四年一任緬省准舉下議紳四人總督每年俸二千元兩年一任馬理蘭省准舉下議紳六人總督每年俸四千五百元四年一任麻沙朱色士省准舉下議紳十二人總督每年俸五千元一年一任米氏根省准舉下議紳十一人總督每年俸一千元兩年一任閩尼所達省准舉下議紳五人總督每年俸五千元兩年一任密士失必省准舉下議紳七人總督每年俸四千元四年一任密蘇爾釐省准舉下議紳十四人總督每年俸五千元四年一任曼他拏省准舉下議紳一人總督年俸任期未詳梟布拉司加省准舉下議紳三人總督年俸二千五百元兩年一任梟華大省准舉下議紳一人總督每年俸五千元四年一任紐罕什爾省准舉下議紳二人總督每年俸二

千元兩年一任紐折爾西省准舉下議紳七人總督每年俸五千元三年一任紐約省准舉下議紳三十四人總督每年俸一萬元三年一任北喀爾勒那省准舉下議紳九人總督每年俸三千元四年一任北打科大省准舉下議紳一人總督年俸任期未詳倭海阿省准舉下議紳二十一人總督每年俸八千元兩年一任阿理干省准舉下議紳一人總督每年俸一千五百元四年一任賓夕爾勤尼安省准舉下議紳二十八人總督每年俸一萬元四年一任洛哀倫省准舉下議紳二人總督每年俸一千元兩年一任南喀爾勒那省准舉下議紳七人總督每年俸三千五百元兩年一任南打科大省准舉下議紳二人總督年俸任期未詳田納西省准舉下議紳十人總督每年俸四千元兩年一任

德克沙司省准舉下議紳十一人總督每年俸四千元（兩年一任）洼滿的省准舉下議紳二人總督每年俸一千五百元（兩年一任）勿爾吉尼阿省准舉下議紳十人總督每年俸五千元（兩年一任）華盛頓省准舉下議紳一人總督年俸任期未詳西勿爾吉尼阿省准舉下議紳四人總督每年俸二千七百元（四年一任）爲士干順省准舉下議紳九人總督每年俸五千元（兩年一任）歪阿明省准舉下議紳一人總督年俸任期未詳各省共舉下議紳三百三十二人按省中居民計每十五萬一千九百十二人則舉下議紳一人惟省不及此額者亦舉下議紳一人

總統每年俸五萬元　各部大臣每年俸八千元

十一日晴戌刻見雨點

科司達來見　謁議院紳據云華盛頓華人近日開洋煙館者日熾實爲地方之害理宜嚴禁但本省律政未有載禁洋煙一節雖知其弊而無法可絕之昨晚巡捕房訪得三街華人祥利洗衣店外以正業鋪張內則開煙燈取利巡捕前往擒獲店主祥利並美國人吸煙者三人隨卽監禁

十二日陰

謁議院紳　美國西省提督報於兵部曰西省爲孔道藏國庫三千萬極應固守惟照目前而計槍礮不敷倘一小國來侵我邊疆刼我國庫將何以禦之乎應請飭令酌築礮局以鑄鋼礮五百七

十三尊買地建立礮臺以守要扼一切整頓以壯國威須費國帑三千萬圓方妥

十三日晴

謁議院紳議院中如布郎有司梯司宣門等不來奔好德均不惡華人者　十二月美外部來函言東京輪船抵金山稅關於華人衣箱內搜出書信七八千封北京輪船抵埠又搜出三千餘封奥順匿輪船抵埠又搜出八千餘封查照天下郵政章程應行議罰云云鄭大臣復云中國未設郵政局書信均係託人代寄不知泰西章程以後應將來函所言刋於中國日報以後照此辦理可也

因 按中國未與地球郵政之會故書信無圖印不能行於各邦

於外國郵遞不便也鄭任案

十四日晴

俄皇素欲并吞土耳其茲聞土與德皇結好更滋不悅於是密令駐土俄使風示土君言俄皇將來土國相見土君知機欣然應諾遂訂期來春　航海委員畢士祕爲其妻所控於美官　十二月總理衙門來函屬查美西斯比河治法美西斯比河長約二千英里原係淸水迨滙美蘇黎河後水始混濁向來時淤時決迄無修治善策近四年間有益參將者創爲收束河身之法該河向寬約一英里即就河之兩岸修築堅隄束水不使旁溢遇有河形寬散之處僅留中泓寬廣亦約以一英里爲率其餘攔以木樁使河水

成歸中泓而所挾浮泥聽其分注於兩旁寬散之處久之亦自成
隄河身既不散漫河面又復一律寬廣水勢得以直瀉無忽猛忽
緩之患自能刷去河底淤泥數月前往驗河身水深皆視往年加
倍現所經營者係河下游之一千二百英里上游無須修治至入
海口門向分三處悉爲攔江沙所阻水深僅一丈一二尺或不及
丈今亦仿收束河身之法將中間一處口門築成隄岸直出海面
長十英里借水力以決開攔江之沙目下水深已逾三丈統計試
行新法以來及此後接續辦理至少需費三千萬圓等語就其所
言目下似已著有成效惟據稱該河挾泥有限且是泥非沙其性
膠黏乾後卽極堅實又係以美西斯比全河之淸水洗刷美蘇黎

河灌入之浮泥似與中國黃河情形不甚相同卽其辦法專主收束河身亦與疏治黃河有異 鄭任案

十五日晴

美國前總統格蘭脫之兩公子及米建威來見談次知格總統之長子曾隨格總統遊歷中華現已出使奧國矣 光緒十年二月離金山六百餘里之鉢崙埠商人請設領事遂派隨員黃錫銓往查據查該埠工商約三萬餘人商貨以米油食物洋煙衣服爲大宗工人以開礦築鐵路裝魚罐爲事工商分爲十餘黨爭訟鬭毆無時休息如設領事除商捐外尚需經費約六千金鄭大臣照咨總理衙門未成 鄭任案

十六日雨

答拜奢士格闌脫兄弟幷米建威　二月外部照會云兹准戶部所定外國駐紮本京公使請免稅事章程嗣後凡有駐美公使什物請免進口稅者須請於公文內附該物提貨單一紙幷請指明該物是否係公使自用抑其家眷應用之物再使署參贊除代理公使外不能有免稅之益　因按泰西各國於理財一道剖析毫釐毫無假借非如中國之疎節闊目也卽此可見一斑鄭任案

十七日晴微雨天氣驟暖不能着棉

日本外部大臣因改新政爲刺客炸彈所中已傷左足　三月照美外部李中堂代美國水師千總滿宜士請假三年聲明該千總

現在中國水師助辦教習水雷事件美國朝廷業經允准給假矣今李中堂來電云請再給滿宜士千總假一年外部復函云查滿宜士千總前曾准其請假今彼尚在貴國可再給假至西歷一千八百八十五年四月一號止鄭任案

十八日陰

卸任金山總領事梁廷贊來　是晚亥刻赴英公使茶會子正而回　三月金山總領事稟稱查北亞墨利加洲之英屬卡拿大內有哥林比亞省之域多利府華民寓居於是者鋪戶約計百數十家其餘築輪路開金礦製魚罐各所傭工合計有一萬六七千人稟稱該處新設苛例請爲駮除計按人收稅十圓開礦者歲收十

五圓遷棺者罰一百圓吸鴉片者罰一百圓新入境者稅五十圓
當即函託曾侯向外部駁除曾侯覆函言查向來中外條約於華
人流寓外國者既未之及即南京舊約第一條亦無最優相待字
樣今若遽動公牘與英外部辨論則我無實在可恃之約惟有緩
商云云既而事終不成 鄭任案

十九日晴

四月墨西哥公使來文欲向中國招工鄭大臣婉拒之而仍咨呈
總理衙門備案且言墨西哥係無約之國未與立約將來保護無
權云云 因按無約而招工祕魯古巴即前鑒也 鄭任案

二十日晴

下議員金山省議紳馬盧新創條陳請查華人在美之數每人給與執照一紙以後有執照者准其安居無者監禁驅逐其水脚由帶來之輪船公司是問出境後有執照者亦不准復來云當與律司商駁之　四月直隸津海關道咨到山西撫部院啟云蓋聞經國以自強爲本自強以儲才爲先方今萬國盟聘事變日多洋務最爲當務之急海疆諸省設局講求並著成效查中外交涉事宜以商務爲體以兵戰爲用以條約爲章程以周知各國物產商情疆域政令學術兵械公法律例爲根柢以通曉各國語言文字爲入門云云　因讀之言簡意賅於泰西學術源流如桶底脫矣鄭任案

二十一日晴

宴奢士格閿脫兄弟並米建威外洋請客分上中下三等席每人十圓八圓六圓爲差酒則自一圓一瓶以至五圓每人酒二三瓶尚不足也尋常之水亦不用以爲不潔必用氣水氣水每瓶亦需二錢五分又設花一二瓶花每一枝需銀五錢但十餘枝卽六七金矣又每人亦佩花二枝均由主人代備所設花二瓶醼畢卽以送首席之客之妻泥沙金銀至斯而極

二十二日陰

七月美國議成限制華人新例十七欵上之總統事已垂成律師利亞頓博郞勒德上書總統言新例之不公紐約人未韙亦上書

總統極言埃利士人之妒忌官紳之阿埃利士人以冀保舉所言皆出於私必不可聽總統阿他遂飭議院再議議院因删其尤苛者此美國苛禁華人之一端也（鄭任案）

二十三日晴

七月北洋廣東電屬購美國氣礮始終未成錄使館代辦上鄭使書（時鄭使在祕魯）辦理此事之不順手有出人意外者礮價本係公司開出並未議減分文續擬五十尊始售亦經傳相核准照數向買限四箇月成造亦係公司自訂包運到華亦係公司自承理應毫無異言乃屢議試演八寸徑礮屢請展期始言法人在此探聽不便在此演試推之繼言銅礮尚未做到推之昨忽冒礮中緊要機器

做壞又需更換推之彼實因創造未妥初以爲照四寸徑仿造孰料不能現約十一月初四五日可試屆時尚不知可試否一也氣機本在價內忽言汽爐在外另需加價二也此層已稟明另價將來擬只買四箇方奉多購之電前一日已接蒓甫送到公司來函云將來如再多買則六寸徑者需二萬五千圓八寸者需三萬圓恰似知我必多購者非眞知之也實因彼六寸八寸兩式受藥多蓄氣大不獨工料宜精卽製法亦非四寸可比聞幾次製造未成費去工本不少欲藉此別開生面以圖補價故預昂其價以居奇三也公司本欲加價經蒓甫飭駁故只言再買卽加幸楨密屬蒓甫將多購一層暫不宣露擬俟此起訂妥後再與商買以免益彼貪心初議四寸徑者裝藥二十五磅及中里六七里六寸者裝藥七

十五磅及八九里八寸者裝藥一百二十五磅及十里外茲忽改言四寸省裝藥十七磅及一洋里（中三里三）六寸者裝藥六十五磅及二洋里八寸者裝藥一百磅及二洋里又四分洋里之一（大約六寸者及六里八寸者及七里中里之譜）一切與原議不符四也然此層需親往試驗不必徒以口爭初議公司包運到華茲忽言如中途被搶只能代問保險賠償又與原議不符五也（此層最關緊要將來必須妥議不然即恐受過）聞當初試演四寸礮時本有礮架其價自必在礮價之內茲又忽云八寸者礮架另銀七千五百圓六寸五千五百圓四寸四千五百圓誠足駭人聽聞六也初議四箇月到華茲忽改爲限四箇月到金山七也（果能四箇月到金山尙是快便）以上七層均係節節生枝時時變改此事之不順

手誠難意度楨微窺其意不但乘我急需故爲居奇且恐實因八寸徑創造不成故設此以阻難耳楨惟拿定一試看主意催其演試俟試驗眞屬可靠再與議不符各節彼若不允卽電由傅相作主處處踏實做去不求有功只求無過云云　因錄出以見購置軍火之難而當自設廠也

二十四日晴

拜發奏派分駐三國人員摺　八月總理衙門覆奏道員徐承祖條陳曰今日使事任久責專廣設僚屬優其祿餼非徒通問修好已也各該使臣受事三年之中宜如何周諮博訪於其國勢之盛衰地形之廣狹風俗之變遷政教之利病兵民市舶之多寡食貨

物產之盈虛以及工藝日新商情月異各市埠有我國商民之區或歸我領事官約束或仍聽彼地方官約束應如何使之生聚綏輯俾無失所均當逐事講求悉心考訂條舉件列薈萃成編俾運籌者相其情勢以爲操縱張弛之機光緒三年臣衙門奏准請飭下東西洋出使大臣務將大小事件逐日詳細登記按月彙成一册咨送臣衙門備案查核其外洋書籍新聞紙等件內有關係交涉事宜者亦一并繙譯隨時咨送以資考証 鄭任案

二十五日晴

九月總理衙門咨到劉銘 奏請設局譯刻泰西各書其略云查外洋於中國有用諸書半皆取而譯行海外其西國兵農食貨格

致製造測量諸書日新月異凡有關於今日之用者甚多我中國尚未譯有成書間或有翻刻一二種亦皆取擇不精夫禦侮貴在得情而致用尤在博覽不究其治國交鄰之要政何以得其情不研其造器習術之本源何以致於用鄭任案

二十六日小雨

聞南墨洲巴西國民作亂　十月金山總領事來稟云美國政體風俗事事非錢不行每辦一事必須籌費所需之費又鉅既非公帑之所得支又非私家之所能給因查領事之設昉自泰西泰西領事驗貨有費查船有費塡牌有費一切文憑准照莫不有費所籌者並非領事費用不過以公衆之財辦公衆之事不過合衆人

之力官爲之督率而維持之云云　因查美國之例頭頭是道非律師不知趨避延請律師有按年萬金者金山所延律師名尊治力歲六千圓又利亞頓歲二千四百圓本使館所延律師名科司達歲四千圓科司達所辦者尚有墨西哥泥格拉諸國則亦過萬金矣　鄭任案

二十七日　小雨

美國外部接駐中國領事來信言中國長江一帶兩月以來多雨淹壞膏腴之田一千五百萬畝　十二月墨西哥求與中國立約招工鄭使上總理衙門書云與其於既受陵虐之後始行設官挽救害大而事難不若乘其未往之先妥訂章程設法經理事易而

害小云云嗣因墨公使述其國家之意欲於其本國商議鄭使以爲不宜卻之 鄭任案

二十八日晴

十二月與代辦蔡函商議辭退洋員柏立以爲宜彼此和平計議以全初終爲合體給以考語字據俾其爲轉示於人之用若以洋例須先三箇月告知則與妥商辦法或再留一年云 因查僱用洋員每受其挾制祕之德里安尤爲荒唐 因至此已久柏立尚未來見聞諸參贊蓋久未到署矣 鄭任案

二十九日 晴冬至

是日黎明拜

牌行三跪九叩禮惟供事程暎未到上午備席午後設醮　泰西以游歷地球爲能紐約省有婦人於前月起程限七十五日歷地球一周　十二月叅贊官蔡國楨禀覆兩廣總督張云奉電諭委購黎意槍五千枝彈子五百萬顆隨帶各件俱全限兩箇月運到廣東黃浦交收等因奉此查此事先經本使憲鄭飭令紐約領事官歐陽明查探黎意槍彈價值開明數目電復北洋李傅相察核在案惟當時未將程期運費查確具報嗣據歐陽領事函稱續查得黎意槍一枝彈子一千共價實價美銀三十二圓由美繞英赴華計槍一彈千共運費二圓並云近聞上海瑞生洋行代本國經辦此項槍彈甚多其中浮開不少該廠管事人稱中國官與本公

司親自交易兩邊均係眞正主人並無鑿頭行用本公司自當格外公道計槍一枝該美銀十五圓彈子一千該美銀十五圓五角每槍彈盒四箇其餘各件俱全所有裝箱上船均本公司自認費用船價有高低兩起悉照從前別人承運一律給價保險亦照向章均由本公司出名代辦由美繞英赴華兩月必到亦係從前運過程期保險包至廣東省城能保阻攔搶劫等事其槍彈價值運脚保費均在此交淸以便代爲辦理參贊因與歐陽領事通盤合籌其槍彈價值與瑞生洋行承辦者減少不可計數諒在明鑒之中計購黎意槍五千枝（每一枝價銀一十五圓五角較外間十六圓五角之價議減一圓）共銀七萬七千五百圓購槍彈五百萬顆（每千顆價銀壹十六圓較原訂十六圓五角之價再減半圓）

共銀八萬圓兩起輪船運費由美國紐約繞英國倫敦運華以防阻止截留共銀七千六百一圓三角七分兩起保險費另抄洋文單據附呈註明包保搶劫共銀貳千五百六十四圓在紐約零用電催保單換寫提單及馬車費用均在其內共銀八十九圓二角三分以上共支銀一十六萬七千七百五十四圓六角查此五欵係由紐約領事支付據造細數淸摺另錄附呈電報粤垣十五次自上年十二月初七日奉委購槍以後始行開報共銀一千六百五十三圓五角三分由華盛頓赴紐約兩次往返火車睡床及上下馬車等費均在其內共銀四十七圓以上共支銀一千七百圓五角三分查此兩欵稟明在槍價餘欵內動支另有細數淸摺附呈通共開除七欵合計支去美銀一十六萬九千四百五十五圓一角三分　鄭任案

十二月初一日晴

近聞巴西已改爲合衆國　美國下議院紳馬羅又上條陳除中國公使外其餘無論工商一概不准來美　因商之律司科士達科士達謂議院上苛禁華人例者大抵西省之人他省尚不附和且聞尚有相繼而上條陳者應俟開年一并上堂駁之

初二日晴

此間列肆均以女子坐肆貿易大約自十六歲至二十歲未適人者貌亦端雅言甚和婉索值不二價　謁律師科司達　駐津美國副領事祕德格稟於外部據稱現奉李中堂命以陸軍水師現設立西醫藥房倣外洋式擬請外部轉咨兵部海軍部將美國陸

軍水師施藥治傷救生章程並歷年官報寄與中堂察核按照辦行云云外部准此遵即咨照兵部水師部檢備檔案以便轉復中國矣

初三日 晴中夜雨

英屬卡拿大維多利地方官擬將限禁華人入境之例删除而土人不願現已聯名稟請限禁並已納身稅之華人去而再來者仍納身稅五十圓　十一年二月總理衙門咨到議復御史謝祖源摺內開出使隨員或有沾染外洋習氣者可由該使臣隨時督察分別撤參又云古時造士器數之學與理義并重故通經致用官効其能近世士大夫非無才識閎通學問淵博之人而限於方域

圍於見聞語及環球各國交際之通例富強之本計或鄙夷而不屑道夫外洋測算竊自中法製器相材源於考工營陣束伍乃古者司徒步伐進退之遺開採五金實仿於周禮卝人之官測繪地輿亦晉人裴秀成法禮失求野豈彼智而我愚特中土習爲游談其平日留心講習者少耳就目前而論我之所亟惟在察敵情通洋律諳製造測繪之要習水師陸戰之法講求稅務界務茶桑牧礦諸事宜 鄭任案

初四日晴

三月美國飄節海口稅官來信以該處有華人二萬五千名欲設領事并薦舉廷廣可爲領事鄭大臣復書辭之 因查設一領事

每年需經費銀一萬數千兩不節則需二萬飄節不過華人入美之境設之無益且近來美國於此地查華人私越入境其例漸嚴當時之不允蓋有先見矣鄭任案

初五日晴

美國救生局船費每年九百餘萬圓計今年一年共救貨六千餘萬圓救人七千九百餘名

初六日晴

醼英俄日祕檀香山墨西哥等公使又醼美律師按察司畢士祕每席中間設花一籃每人佩花一朶外洋醼客例也　五月接准李傳相電開總署十一日來電嗣後非軍務及急要事各處均不

准率行發電遵

旨電達希轉電沿海各督撫及出使大臣等因 因查外洋電費最鉅以中國一字四碼分作二字每字需銀二圓四角有餘合之爲四圓八九角但二十字即百金矣 鄭任案

初七日晴

六月北洋來電爲朝鮮聘請美國兵官教練兵士請於美總統總統交議院而議院已散事迄未成觀此可知美國議院權重 鄭任案

初八日陰

外國將度年送律司甯綢一疋湖縐一疋東洋大甆瓶一對各部

及議紳擇其相投者皆送禮有差　六月准北洋電中倭兵撤朝鮮聘美官教練兵士望晤外部速商如無即回覆　覆北洋外部云須俟冬間開院公議嗣請先派而彼不能違例鄭任案

初九日晴

供事程暎啓行　航海會委員畢士壁陳恩燾賈凝禧請醮以洋餐故未到借龍旗三面　六月致美國外部節略茲因巴拿馬及箇龍兩處素無華官駐紮向來華商寓彼者屢蒙美國駐彼領事官遇事代爲料理中國官員及該處華商均極感謝邇者中國公使以該華商等稟請轉求美國外部給該兩處領事官以代保華商之權是以敬問外部大臣可否准如所請美國外部覆函業飭

駐紮巴拿馬及箇龍領事等凡該華民遇有要事由該領事官等暫代料理仍須俟哥林祕國官員允由該領事等代理華民之事斯時卽可暫充中國之代理人 鄭任案

初十日晴

七月初六日總理衙門咨到中法條約十欵於光緒十一年四月二十九日經北洋大臣李鴻 具奏奉
旨 因查此約專爲越南之事 鄭任案

十一日小雨

外國元旦巳刻出門酉正事畢謁總統各部提督將軍按察上下議院也是日之車每一時需銀七圓 七月古巴領事稟稱西班

牙輪船到埠船有中國人十名相向哭問其情由據稱皆閩人向在小呂宋謀生此次被人騙稱僱工到此方知立約做工與賣身同即由譯員向該公司提到領署問明屬實即將楊協等十人所得工期銀五十圓及船價十圓墊還船主留於古巴作工陸續扣還結案　因按此即洋人以招工爲拐賣幸古巴已設官否則此風終不息矣鄭任案

十二日雨

謁上議院紳　八月出使英法大臣曾咨到內錄奏稿議定洋藥每箱稅釐共徵銀一百一十兩併在進口時輸納由海關給與憑單運往內地無須再完稅項至貨包開折之時如有應納稅捐等

項當與土煙價值相較均算以昭平允　因查此即李傅相與英使威妥瑪所訂之約由英外部簽定者也泰西各國凡於有害民生之物皆禁入口度其不能禁絕則重稅之中美條約載明兩國不准販運鴉片而由香港入金山者其數甚鉅美國既不能禁乃創稅則每鴉片一磅（合中國十二兩）征稅銀十二圓所收至亙中國加稅於此用意甚善但較之美國尚不及百之一則勢限之也　鄭任案

十三日晴

謁上議院紳檀香山公使至李格士銀行　爲照會事光緒十一年八月十四日接到貴道七月初八日覆函內開商局支絀經傳相將各省官本奏請免利緩期等因准此查貴總局庫平銀八萬

兩整核之原領銀數業已還清至利息一項并未收到絲毫現閱函稱各省官本已經北洋大臣李奏請免利在案查貴總局原領前項經費銀兩係屬暫時領用與借領各省官項作充商本者雖有分別而其爲公欵則同自應循照奏案辦理計貴總局欠繳前項利息自光緒七年八年初一領銀之日起至十一年七月初二還清本銀之日止所有應生利息概行照免無庸追繳可也除咨北洋大臣李咨照備案外爲此照會貴總局煩爲察照施行須至照會者右照會督辦輪船招商總局直隸補用道盛卽選道馬鄭

任案

十四日晴

日內謁上下議院各紳多設茶會見時握手道喜周旋一二刻即別亦有堅留食茶果者　嘗與議紳考較地球鐵路自以美國爲最長計十六萬餘英里德國二萬三千餘英里法國二萬一千餘英里俄國一萬九千餘英里印度一萬四千餘英里日本八百英里

十五日晴

有泰受熱中夜發熱臥處近火門爲火氣所灼至於吐血　謁英俄法德朝鮮日本檀香山西班牙祕魯公使　日本公使言日本鐵路已成三千餘里尚有商人續造者大約一里需銀七千兩上下每年載客八百餘萬人運貨六十餘萬頓除經費外每年可得

四釐之息　因謹按日本近年鐵路不過八百英里約二千餘里耳而言三千餘里其好自張大虛憍之氣畢露矣

十六日晴　天氣燥熱可着單衣

十月總理衙門咨稱本衙門具奏採買外洋軍火滋弊居奇抬價剝蝕愈多且有以賤價收陳貨而詭爲新製者有賤價購自外洋而浮冒報銷者請飭各出使大臣就參贊隨員內講求搜討所有訂定各件必須出使大臣親驗以專責成等因　因查前此購買船礮其弊誠然且有緩不濟急者如此辦法近日諸弊已廓清矣

鄭任案

十七日雨

美國例正總統爲第一人副總統卽上議院之首領如議院議政以多少爲從違卽三人占從二人之意其有可與不可人數相等者則由副總統酌定蓋副總統可何造則何造多一人矣　十月總理衙門咨內開歷次出洋學生造詣究竟如何有無深通西藝熟諳製造管駕及水師操練之材等因參贊蔡國楨覆稱童子無知受外洋氣習越日既久玩視中學若忘其爲華人不獨中文未能講求卽華語亦不明順縱於洋文有得於我不能適用初不過增一洋人耳授以差遣不受範圍或且謂敦品勵行爲繁文甚有視政教彝倫爲苛刻云云可謂切中時弊鄭任案

十八日小雨止中夜大風

十二月向美國外部索還以前賠欵所餘至三月而始商定計原給美國賠欵銀七十三萬五千餘圓除賠美商銀四十九萬六千餘圓仍存銀二十三萬九千餘圓生息銀三十四萬四千餘圓本息共銀五十八萬三千餘圓除給賠美商熙爾船價十三萬圓計實還中國銀四十五萬三千四百圓九毫又除去酬勞費五千四百圓 因查此項即分撥東西洋各署經費 鄭任案

十九日晴

副總統茶會陳設極豐至者亦衆以副總統爲美國大富戶也

十二月海關造册處稅務司杜德維來函言光緒六年中美新修之約刊本抄本文字之間或有稍誤與原本不免參差茲摘舉數

端請由公使照會美外部衙門取所存原本詳細校對務使毫髮無訛其不符之處請於刊本上逐款註明當即照會美外部照辦矣　因按繙譯一道非中外文理兼優殊難稱職蓋未易言矣聞美國與朝鮮之約朝鮮自稱爲中國屬國而美國所稱似有參差則貞有不符者也　鄭任案

二十日晴

前總統格蘭脫之夫人約見於麥連夫人之第年六十餘矣身不甚魁梧而尙豐滿循循然是有德器之象眼戴鏡或近視也詢李傅相近日起居並問傅相夫人及女公子近狀答以均安又作寒暄而退堂前賓客男女皆來見者約數百人

二十一日晴

此十日內撥日分謁各部及議院紳有見者有不見者亦有設茶點以欵客者大約見則立談不見則一概不見門外挂一筐以收謁者名刺　十二年三月新出使大臣張到金山當登岸時駐金山領事等員前往迎接美國巡海官名天年日余頭接收稅關電信命我不許新使等登岸必先將其

國書送稅關驗看乃可傳烈祕稟商張大臣不允久之天年曰余願肩干係請公使等登岸可也嗣由鄭大臣詰問外部拜亞拜亞照覆引一千八百八十四年七月五號章程載中國官員可用文憑以抵護照云云又謂稅關未失禮總領事所稟情節謬妄誠以

爲憾閲之可駭美其不國矣夫 鄭任案

二十二日晴

謁議院紳至暮而返

二十三日 陰大風

謁議院紳　十一年九月北洋爲咨行事據津海關周道詳稱竊查美國肄業學生曾奏定章程此項官生不准在外洋入籍逗留及私自先回遽謀別業等因在案茲准各局咨稱前派當差學生梁敦彦等十七名皆久假不歸咨請飭催來津當差等因前來職道查該學生等託詞請假或逾限不回或別謀事業殊與定章不符自應查明分咨廣東督撫院出使美國張大臣並行蘇松太道

甯紹台道分別嚴飭迅速來津聽候分派當差勿任抗玩致干拏
辦 張任案
二十四日 晴天氣轉寒
接金山信 副總統訂是日至其宅同見總統酉刻往亥刻回
查美國焚殺驅逐華人於光緒十一年七月起至十二年二月止
共十案計阿路美煤礦一案烏盧公司槐花園一案洛士丙冷一
案姑力煤礦一案澳路非奴金坑一案的欽巴一案舍路埠一案
阿拉士架一案麥天拿一案鉢倫埠一案 張任案
二十五日晴
赴律司道喜謁議院紳 十二年四月咨呈總理衙門文查日國

現係日后攝政該國通稱攝政大君后所奉
國書仍稱大君主與彼國現在稱謂不符自應更換以便呈遞理
合咨請核奏更換頒發祇領尋於七月更換 張任案
二十六日 晴 天寒 氷
英國將軍日靡者本年由印度陸路遊中國而歸言中國今日所
最要者乃在黑龍江等處趕造鉄路勿讓俄國先成以爲愼固封
守之計又曰英國宜交結中國訂同恤相惡之約又云中國龍州
製造局徒有虛名凡事能言不能成殊可惜也
二十七日 晴 天寒 氷
上議院紳密組月初遞條陳兩件 一華工不論是否來美或往他

國均不准入境假道違者重懲一爲中國辨論華工來往案件均令外部交出與上議院查核　一千八百八十六年即中歷光緒十一年四月五號紐約城諸教會會長集衆議擾害華人之事聯名遞呈上下議院前駐北京公使西華前格蘭脫總統在任時之外部大臣斐士並上議院議員和露等均與其言曰查華人來美應得利益與各國同憶金山初開埠時華人來者爲數無多迨加里科尼屬邦收入合衆國省分圖版時金埠居民欣然大喜合境慶賀賽會盈街華人旅于是埠者當時具旗幟儀仗致賀亦獲邀請同慶共遊及後華人源源而來實因我美國到華堅約以資建造鐵路之用藉華工之力尅日成功若以別國人爲之勢必紆緩數年虛耗

資本且加省涇下之地俱藉華工塡築洋工向不敢爲者乃竟藉資華工而成加省受益多矣竊以中華弛海禁而與外國通商原非出于本意實由泰西各國強令通商而美國亦與其例查得仇待華人並限制華工各事其端實肇于金埠之埃利士工黨加省人員謀缺者以投籌數之多寡爲定埃利士工人既入美籍有投籌之權利其人甚衆得失之機繫乎其間故舉國南北黨均以得加厘科尼了厘斤兩處之籌爲急務蓋得之則勝失之則敗所以昧良議立限制華工之例無非阿附工黨以望其投籌耳 鄭任案

二十八日晴

十二年九月爲咨呈事據招商局盛道稟稱織機局中輟現查運

到機張尚未及半據洋匠丹科稱訂定合同必須照數購運前來萬難中止但核價太昂爲數甚鉅鄭陶齋等皆云訂立合同主局者幷未簽字且合同訂逾三載局務停止亦未見機廠中具禀公使催運來華其爲丹科一己之私果否訂立合同與價值置造事宜殊難憑信玆將丹科開呈所定織機廠名及價值銀數另單譯呈請卽照單密查究竟合同如何訂立廠中有無存機價值有無浮冒能否毀議停止均祈迅賜詳示當派參贊官瑞沅繙譯官梁誠前往照單密查已得端緒合將查開淸摺備文咨呈謹將織布局洋匠丹科開呈美國所定織布機器廠名件數銀數譯呈鈞鑒

計開美國羅未爾機器廠　卜洛未登士機器廠　摶郎機廠

好京士機廠　卜洛未登士火輪煤氣管廠　依笛生電燈公司六處所定合同訂於一千八百八十三年三月分織機貳百張以及副件等項價值英洋拾貳萬九千叁百九十壹圓五角二分照每洋八錢核算計規銀十萬三千五百十三兩二錢一分利息租棧算至一千八百八十六年正月分計美洋二萬六千圓核規銀二萬八百兩云云 張任案

二十九日 晴天寒霜甚厚

委員查明上海織布局所定美國各廠機器件數價值分別開列計開博郎機廠謹查紐約一埠只有博郎銀行並非機廠字號好京士機廠謹查此廠在紐約埠據該廠商人聲稱自一千八百

七十九年以來查無與上海埠交易事件　依笛生電燈公司謹查該公司亦在紐約埠詢據該公司商人聲稱向有販貨前赴上海埠交易事件均非上海來埠訂定至有無織布局議定貨物販貨人現均外出無從查知　卜洛未登士火輪煤氣管廠　水龍頭二千零八十七箇六寸徑至七分半徑圓鐵筒二萬零八百七十尺提水抽水鐵筒（此項僅開價銀三千九百圓未據查開丈尺數目）計價值美銀一萬壹千五百圓謹查卜洛未登士係埠各詢據該廠商人聲稱曾經織布局定有貨物因逾期未取業經售賣無存仍屬將原定貨物件數價值開具清單照單譯開以備考核　羅未爾機廠　淸棉花機器五副　紡紗大小機器八副　紡綫機器肥肎路零肥年

二十二副　紡綫機器嗶合路零肥年二十六副　士潘拏機器四副　織三十四寸闊布機器壹百零四副　織三十八寸闊布機器九十六副　焙綫機器一副　接布機器一副　壓布機器一副　展掃棉花機器一副　繞綫大鐵筒二十條　士顛筒七捆　漿鍋一箇　道拏盈肥年六副　零用器具壹箱以上機器分裝七百八十木箱計重三百礅機器馬力計二百五十匹每日需煤五礅計值美銀五萬三千九百五十六圓四角八仙另外備零碎鐵器值銀四百八十五圓三角一仙木箱值銀三千零九十六圓六角八仙總計值美銀五萬七千五百三十八圓四角七仙謹查羅未爾亦係埠名詢據該廠商人聲稱織布局於西歷一千

八百八十三年十月三十一號訂定大小各項機器久經製齊封存候取當令將機器件數箱數價值及馬力數目開具清單照單譯呈該商人曾稱若織布局再不到取欲將各器件修整變賣惟並未提及息銀棧租等項自未便向問將來取貨時恐須議及合先聲明　卜洛未登士機廠頭號紡綫機器四副二號紡綫機器八副三號紡綫機器十六副　鐵壂六十三箱　木綫盤四十九箱以上機器等項分裝八百四十三箱計重一百五十六噸機器馬力計二十八匹每日需煤一噸半計價值美銀二萬九千六百三十圓零五角一仙息銀四千五百九十二圓七角二仙（自西歷一千八百八十三年十二月一號起至一千八百八十六年七月一號止）以後如未起運仍每月撥算棧

租銀八百五十圓保險銀六百八十五圓總計值美銀三萬五千七百五十八圓四角三仙謹查織布局所定該廠機器等件據該廠商人聲稱西歷一千八百八十三年三月二十九號所定現已製齊封存候取若再不提取息銀照算今算至一千八百八十六年七月一號者西人逐半年清算也 張任案

三十日 小雨

航海委員陳恩燾賈凝禧起行由紐約返中國 琿春近地係西比利亞東南海口附近高麗東岸本中國屬地三十年前讓歸俄國俄地近北極土氣嚴寒海口常冰於操練水師駐泊兵船不便自得琿春近地即爲屯水師之地三十年來極意經營已爲重鎮

現又造鐵路由彼德堡直達琿春此路約五六年可成　因謹按香港琿春兩地中國視之不甚愛惜一以與英一以分俄英人以香港爲重鎭俄人以琿春爲重鎭英人以之通商俄人以之兼併則俄之爲患尤甚於英中國之棄琿春較棄香港尤爲失算也琿春一城孤懸雖有兵弁其勢不敵彼德堡爲歐洲之俄京由此以鐵路通琿春將來調兵轉餉節節靈通因竊慮此路一成高麗斷不能守高麗不守東三省安能高枕無憂因於光緒九年已疏陳之矣

出使美日祕崔日記

光緒十六年正月初一日晴

朝賀行三跪九叩首禮　晨設麪申正設醮　赴美國總統宴戌刻往入門後即有一帖上載明坐位持帖而入見總統握手寒暄數語又見總統夫人亦握手爲禮遊玩各處無往非花赴席坐定見上懸玻璃燈約一百四十盞席上花七叢此外陳設之花尤多酒用五品並氷水爲六飲至子刻方畢又至花堂遊玩然後告辭回館

初二日晴是日辰刻小雪後即天晴

謁見美國各部大臣英公使　印度所造鐵路劃至光緒十五年

冬止有一萬五千二百四十五英里每英里合中國三里三去年一年内新開鐵路八百六十九英里截至年底核計鐵路共有一萬六千餘英里此外又准開四百十三英里内有由山洞行者計長一千二百五十三丈統計鐵路公費約需二千一百二十九兆魯皮有零每魯皮合中國銀四錢通共合中國銀八百五十一兆兩有奇每英里均拉十二萬五千魯皮合中國銀五萬三千兩一年之中計載客商一百一十兆計載貨物共重二十二兆頓鐵路所獲之利半爲費用半爲餘利除一切開銷外每百兩銀得息四兩九錢三分

初三日辰刻下雪至半寸而止

因查十五年一年中國出洋之貨值銀九千六百餘萬兩茶之出口年減一年十五年茶價值銀二千八百餘萬兩較十四年少二百餘萬兩絲則值銀三千六百餘萬兩較勝於十四年棉花出洋亦年勝一年十五年出洋之棉花值銀五百萬兩較之從前將近十倍殊爲可喜惟茶業漸衰將來如不振作恐盡被外洋所奪矣是在察時觀變者力挽囘之

初四日晴

般烏島地廣人稀英國家每一英畝約華三畝有零只收地價英銀一圓以廣招徠迄今未二十年商務蒸蒸日上除種菸種茄非兩大宗外其餘他項公司如輪船及棧房等大小各國公司百有餘家至

種菸茄兩項英人居其大半其次和蘭國商人耳因和商種菸最爲熟手獲利尤厚云　因謹按泰西各國如英法德其本國版圖甚狹故好覓曠土以經營所謂長袖善舞多財善賈也

初五日晴天氣轉暖

英公使言英國蘇格蘭人精於農事凡英人不能耕之地蘇人無不可以大獲故時負耒耜挈傭人驅牛馬而至英地以耕以贍身家　因查英之本國只三島一爲倫敦即都城也一爲阿爾蘭一爲蘇格蘭此二島之地爲英富戶之業富戶皆居倫敦而收其地之稅故二島之業農者多而遷徙入美籍者尤多焉　光緒四年二月十七日總理衙門咨開自天津各條約議定以來凡中外交

涉事件無不查照條約各章辦理然各國亦時有謂我不能遵守條約者大抵不外洋人被虐被毆之案征收釐稅之事耳夫外國被誣枉之事係未可預知者亦係無法防範者且係無論何國均不能保其必無者征收釐稅之事或因條約未經議及而意義兩歧以致外國有是說也查條約每屆十年准修一次其如何增删改換自係出於兩國情願同治八年本衙門與英國大臣初次將英國條約應修各欵議妥雖和衷商酌將及兩載之久而英國未允其大臣所擬各端是以新約未能照行近年來又有德國修約之事德國大臣商議各端有中國萬難照允者往來論辦迄今亦無定說因思更修條約貴將兩國之意先行說明而此事內有四

要端准將已完正稅之洋貨運入內地其運入內地時或准逢關納稅遇卡抽釐與華商一律辦理或准照則完納子口稅請領稅單運入內地無論所往之地遠近卽可將地名呈明塡入稅單之內中途逢關遇卡均免重征洋商亦准赴內地置買土貨儻係轉送外國之土貨或請有單照則可將所辦之貨運至通商口岸沿途各子口均祇查驗單照逢關遇卡一概免征至近口末卡照則完納子口稅若未請有單照則准逢關納稅遇卡抽釐照華商一律辦理洋商亦准將置買之土貨於出口時照則完納出口正稅後轉送外國洋商亦准將土貨由通商此口運至通商彼口在下船之口完納出口稅在轉運貨之口完納復進口半稅洋商亦准

將復運通商他口之土貨在復進通商之口完納半稅後將土貨運入內地逢關納稅遇卡抽釐與華商一律辦理此乃洋商現在販賣洋土各貨照約完稅之大概情形也至洋貨運入內地一節洋商有言以上所云自某口至單內所指之某處中途不重征一語未盡其事據稱已完子口稅之洋貨日後無論在何處遇何項稅捐不應向其抽收而本衙門不能以此解爲然因思照條約章程洋商運洋貨入內地或請領稅單或不請稅單均聽自便如請領稅單應將運赴內地何處呈明塡寫稅單之內其故乃因稅單祇能保單內之貨由通商口岸運送單內所指之地沿途免征稅釐其貨已經運至所指之地稅單卽應作爲廢紙嗣後該貨卽與

無稅單之貨無異再洋商請領稅單或不請稅單既聽自便則有領單之貨亦有無單之貨同時在內地一處者領單之貨係由口岸運至單內所指之地沿途稅釐一概照約准免無單之貨各處稅釐皆應完納但有單之貨已至所指之地其單卽作爲廢紙該貨遂與無單之貨無異應與無單之貨一律遵完稅釐則稅單到所指之地既經繳銷各貨均無稅單是完子口稅之貨與未完子口稅之貨何所區別可知永遠免徵並非條約本意亦祇有中途免徵而已總之洋貨運入內地一事據本衙門之意稅單祇能保其單內所開各貨由口至所指之地沿途免徵耳洋商既准於完納正稅外祇須再納一子口半稅既准運入內地無論遠近銷貨

各處其自由之益已屬不少矣至運土貨出內地一事洋商又言土貨雖非運往外國實係本地出售之物亦可請領單照運口甚至有言洋商尋常販運至外國之土貨雖無單照內地亦不應抽收釐稅各等語因思華商運土貨於沿途各釐稅均應完納則洋商運土貨到口欲免沿途抽收必須攜帶單照方可獲免是以凡屬無單之貨無論作何銷售均應遵納釐稅再洋商領單運土貨到口如准轉運中國他處銷售不送外國則洋商之貨得免而華商之貨不得免其於華商生計不無妨礙是以必須運赴外國之土貨方准領單運口總之洋商之運土貨與洋商之運洋貨其事殊其稅則一蓋洋貨入內地無論何處祇須完納正半兩稅即可

隨意販運其土貨出內地運送外國則准洋商赴內地無論何處
置買亦係一律照完正半兩稅也再查釐捐一事外國常以爲不
然殊不知在中國之華商亦非所願也而朝廷視爲暫行權宜之
舉因思自主之國訂其征課應視時之所需而現在時事多艱需
欵甚鉅不得不格外設法籌畫至如何籌欵之處應由中國作主
外國之不應干預議以爲非亦與外國自行籌畫借欵加賦等事
中國不應干預評論無異也洋商運洋貨入內地或運土貨出內
地如欲免釐祇須請領單照方能得免如無單照則凡有貨物在
內地既不能區別各處釐捐均應遵照完納又查管轄一事照約
洋人在中國不歸中國地方官管轄其有自相爭訟之事則由其

本國官料理如其犯法亦由其本國官按本國律懲辦但外國猶有言也謂按照此不歸管之條非特中國官不應約束洋人即洋人任意違背中國章程亦無懲辦之條而本衙門不以爲然因查各條約內中國實未允有洋人任意違背中國法律之條洋人居中國者則應以中國之章與華民一體遵守而條約內所允者不過以洋人犯法係歸其本國官按本國律法辦理而已今設言之譬有路一條按中國律法華民不准行過洋人不得因有不歸管之條任意於此禁路來往如違而逕過者則應由其本國官引照本國相同律例比擬懲辦總之此條用意所在非准洋人任意違背中國律條第以洋人如有犯事者應歸其本國官懲辦耳且思

此懲辦之權中國既允由領事官在中國境內行用仍應由外國特選妥實人員充當此職方爲允當乃各國之內有數國以商人派充領事官者查領事官分內所司如收發船隻牌照報關請單僱辭水手等事商人雖無不可料理中國並不以商人代辦此等事爲非惟領事官猶有審鞫之責事關緊要似應派委眞正官員充當此職方足以昭愼重況遇應行會訊之案出地方官應與領事官公同審斷設今日在座之領事官即前日因偷漏受罰之商人或案情與其本行有關涉既屬不成體統亦有諸多未便又查優待之益一體均霑一節各國條約皆有此條原因各國人民中國難於區別某人係某國之人以致將未經換約各國之人民亦

一律看待在中國以約內有此一條亦無不可行之事查議訂此條時在議約者本意係不令其本國商民較他國有不及之處務令一律霑受益處此誠中國昭示公溥之處也惟議定此條時外國與中國之意雖同而於證釋之中往往有失於公允之處設如有某國特允從中國一事中國因其特允之一事卽於通商事內酬一優待之新條並訂以應守之新章以昭限制此固於優待之益酬之於允我一事之國者也而他國亦欲憑此均霑之條藉索此可霑之益在中國雖不必以允我之事向其比例而求之而既欲同霑是益者亦必宜同守是章則一律共遵方昭公允乃止知霑其利而不復守其規是直欲優待之益而不願守優待之章中

國所謂證釋一體均霑之條有失公允者此也總之均霑一事此國既欲得彼國同一優待之益則必宜同守其章始不失爲公允此外猶有教務一節中國因各教本係令人行善之事故於各約內允從准其前來傳教並凡傳受學習之人一體允爲保護惟傳教者有時崇其教而自尊儼若官長遂藉以干預地方官應管之事其習教者有時以爲既入其教卽奉教爲護符或敢於不遵國法以民人素守之科條而故爲干犯此二端寔亦我中國所不能允而聽從者除外國官員按照專條管理外國人外凡屬中國界內止有中國官可管理中國百姓而中國百姓無論入教與不入教均須一一遵守中國之科條法律始爲安分無過如有犯案由

中國官不分民教一律辦理外國傳教士不應護庇攙越查修約
一事原須兩國互相體諒庶易商辦相應咨行貴大臣查照所有
洋貨入內地一事據本衙門之意稅單祇能保單內所開之貨由
通商口岸至單內所指之地沿途免征稅釐若已到單內所指之
地後該貨即與無單之貨無異再遇關卡則應照無單之貨一律
遵完稅釐土貨出內地一事據本衙門之意土貨尚未由洋人購
到者或已經購買而未領有單照者各處稅釐均應遵照完納至
洋人請領單照所運之貨必須全送外國不得轉運中國他口出
售致與華商販運無單各貨之生意有礙釐捐一事據本衙門之
意中國既爲自主之國其如何籌定征收應聽自便而此時格外

籌畫實因有格外之需如他國前來干預阻礙中國實不能以爲公允也管轄一事據本衙門之意按各條約內不歸管之條非准由洋人將華民應遵之章任意違背至於領事官既有審鞫之權則應委派眞正官員充當此職不應以商人代充以昭愼重也均霑一節據本衙門之意此國請霑彼國所得之益則應同守彼國所遵之章也教務一節中國界內祇有中國官可以管理中國百姓而中國百姓入教與不入教者均應遵守中國法紀夫中國於邦交之事所欲者恪遵條約章程辦事耳一則按條約之意儘量而爲之一則舉友邦之人一律而優待之惟邦交之事如此若於條約字意之外爲外國附會強解添註是於中國人民增其不公

不服之處若使中國徵課權宜之法爲外國阻礙難行則按中國自主之權而論亦我中國不允不服之事也各國條約原有修好及永遠相安之意而其永遠相安之道所重者則在彼此互從各國各有自主之權耳此文並洋文應由貴大臣躬赴外務衙門向外務大臣誦聽其顛末如欲閱看卽錄送一分可也 張任案

初六日 晴夜雨

聞德國前相畢斯麻致仕德人不忘其功德擬爲立去思碑 英蠻唔加司偷城卽洋貨布疋出產最巨之處前年因大舟一時不能直抵蠻城巨富紳商集公司開運河一道以便舟抵境內興利益商已籌一千萬磅僱匠動工茲資本已罄工程尙未七成因開

掘地道下層俱係巨石非當初機師所能逆料故工費倍目下該公司總辦已函致紳富再墊借英金二百五十萬磅以求功成蠻城紳董查係實在情形允墊如數云　因查外國好興大工而利存焉鐵路之利徧於各大國不待言矣香港一島中國之荒洲耳英人經營遂極繁盛其地至計尺論價焉自蘇彝士河開而商船之經過者日益股票之價已倍於前美國自總統以至各部其衙署均用盈丈之白石砌成樓至七層上下表裏無非石也不用丹堊而自然壯麗聞需費至一萬萬圓云

初七日陰

副總統請戌正赴醮戌初上車到尚未見客只來一人耳以後陸

續到齊每一賓輒以女子陪座因之伴爲戶部大臣之女郎席散已亥正矣因辭副總統及其夫人並女郎而回　俄京報云去年八月俄皇特出諭嚴行禁止耶穌教凡教會中牧師嗣後無護照者不准驟入內地只許在邊界之處行教不得深入名都大邑以防不虞此諭不但各處榜示並札飭俄京主教巴皮棠飭屬嚴禁云　因按自泰西教入中國時激民怒其壞民心傷國體至矣兩廣總督衙門至被佔踞天津豐大業之案非法遭德滅幾起兵端光緒十五年鎮江一案賠銀至十四萬兩如能倣俄限制之則民生幸而國帑亦不耗矣

初八日晴

英國教師某因中國重慶通商之事已定報知其國曰川地產煤鐵極多若用機器開採復求載運之便其利幾非人所能料各江中金亦饒自西十一月至西四月水少之時華人淘金者趨之如鶩每日人可得金二錢其人皆爲人所傭而月得其值此外鹽井之多亦國家大利所在惟採取之法勞力費時不若用抽水機器由鐵管抽出之爲便其水道流通自宜昌而上三千英里之長毫無阻滯直可右達甘肅左通滇黔但以淺水輪船往來其間則四川二千五百萬人民無不獲通商之利云　因觀於此而知中國可興之利固甚多也土爲萬物之母生於土者固採之不盡也英美爲地球至富之國不過礦產多耳中國則創爲天地留不盡之

藏而任其棄於地焉開平之煤已有成效矣所望風氣日開庶利源日濬焉

初九日晴

謁戶部大臣　東俄羅斯西比利亞俄廷近議築造鐵路直至黑龍江琿春約共六千里分爲三路而造云　因初至美聞諸美紳言美國開闢僅百餘年易草萊爲農桑者鐵路之力也光緒八年美總統諭議院曰美國太平洋鐵路直接大西洋者華人之力也俄興鐵路如是其急或欲希蹤於美乎然而西比利亞爲苦寒之地其氣候固與美國殊也易草萊爲農桑誠非易事或別有所希冀焉則爲之鄰者宜預防矣

初十日 晴是夜小雨

聞俄廷近派武弁一人名卑書甫偕數員赴新疆遊歷　因查洋人好遊其實偵探虛實耳有爲所歷之國拿獲監禁者則必窺伺要隘圖寫礮臺也近來歐洲各國多遊阿洲英人則前十年已有流寓阿洲者阿洲其可危乎　十二年八月榮華公司由金山域多利兩處招人赴墨西哥華人到彼地甚苦急欲載回而美國須有護照域多利亦須有護照否則須繳身稅五十圓當勒令該公司衛滋德雷望載回華人已載回七十二人其餘六十餘人業有工作者願留 張任案

十一日 陰轉北風

法國以經畫安南向無善策故度支不足於用度支大臣籌借國債以爲東京等處辦公之用法國委員某查辦科琛等處善後事宜者言之　因查法國得越南後卽重歛以求足用商旅因而裹足英商嘗譏之矣土民不服欲以兵力懾之動輒敗衄故兵不能撤而經費愈多越南有如劉義之勇者何難爲田單之復齊哉

十二日　卯刻起開窗則雪厚一寸矣蓋昨夜大雪也

法國借國債五千八百萬佛郎興造鐵艦　因謹按法國水師舍英而外天下莫強而猶增造鐵艦如恐不及至借國債以爲之者將以勝德耶然德之水師戰大洋或不及守海口則有餘蓋其啟兒埠頭得形勢之全而水雷艇之多又足以巧勝也或者各國均

增鐵艦存莫能相下之心不如是則瞠乎後耳

十三日晴

美國以種植爲務近年棉花之多較前倍蓰一千八百零一年出花四千萬磅者至一千八百二十一年竟有一萬七千萬磅惟一千八百六十一年以有戰事故少至一千八百八十九年出花之數又多於前其運往英國及各國者不少即美國本國廠用者亦有百之三十云　因查美國種棉之盛以十年計實增四倍　因又聞諸本邑父老道光年間種茶獲利十年之間荒山盡闢出茶幾至十倍近三十年則茶價日賤茶業日衰茶山又日荒焉盛衰循環惟賴輔相裁成者挽之耳

十四日晴夜雨

聞俄廷大會陸路各軍將領共議中國水陸軍兵額數及強弱情形並查核中俄邊界兩國之礮臺多寡利鈍　因查審度彼己之勢以知強弱之形此謀國者之常事也惟出之佳兵好戰之國則羣疑之　十三年三月駐劄金山總領事梁廷贊禀爲律師科士達才望素著辦理洛士丙冷各案成效已覩願歲籌修金美銀三千圓遇有應在美京控理各事悉歸該律師辦理華商踴躍集貲即由卑職分季解請轉給十五年七月又禀律師科士達現年修金已是極力而籌來年實在欲請無欵不得不預先計及停請律師實因經費支絀起見張任案

十五日晴

赴禮拜堂送外部大臣之女巹　暹羅近准西人開礦義人所開金礦已成一公司名暹羅金礦有限公司金礦之外又多寶石礦紅碧均備其地在暹羅之西南曼谷之東南二百四十英里約一百見方英里歡林礦爲義人所開邏楞礦與邏辣脫礦一爲入英籍之華人所開一爲英人所開寶石產在地下黃沙層之中其沙層深自數尺至二丈不等更有金礦一爲英人所開二爲新加坡暹羅領事入英籍之華人所開來平省之金礦亦英人所開更有准法人所開者皆納租於暹羅焉　因謹按暹羅舊國也明時其世子航海而來愛安徽九華山之勝遂結廬終老不歸蓋佛教也

世修職貢今闕然矣㫷地多礦不自開而假手他國㫷無遠圖可知聞英法二國均欲其地將來終爲分裂而已

十六日晴

赴總統茶會　英使言英國有大銀行收存俄國家存項銀二千萬兩俄國取用此項該銀行措手不及幾不能支英國家銀行深悉該行並無虧空不過倉猝周轉不及因代墊付俄國存銀如數該銀行遂不致倒以後有鑒於此因再集資本銀五千萬以備不虞焉

十七日晴

赴總統處送水師大臣之夫人及其女葬　俄國以德國之人置

產於其國中因查一千八百七十五年德人所有之俄產約百分之二至一千八百八十二年約百分之十六今則有百分之二十此指其財產而言地產德人亦得十分之一俄人思立例限制之云 因按柔遠二字外國所不言也俄人於猶太人波蘭人向有限制之例特未嘗行之於德人今欲以限制猶太人與波蘭人者限制德人德人其甘心耶

十八日雪中夜大雨

俄國陸軍員弁結盟立黨名爲設會實謀叛逆邇因敗露下令執捕有某王亦在黨內云 因查前十餘年今俄王之父亞林三德回車還宮尼希利黨人伺於中途擲火球於車下炸傷俄王當夜

卽殞猶昨日也俄之地磽氣寒民貧俗悍其君佳兵嚴刑峻罰民不堪命常欲稍變舊章與民休息至今不靖殊可慨也

十九日大雨

穆哈剌國附近中國伊犂與阿富汗爲鄰前爲俄所攻敗而請成願爲俄屬穆君亦屢朝於俄近俄廷飭該國軍兵六萬均奉俄之軍令口號各營將領盡代以俄員云　因謹按穆哈剌之願爲俄屬也欲以存其宗祀也然俄於亞洲所滅浩罕茂甫機洼諸國未有存其宗祀者臣其人縣其地權統於一尊而已耳穆哈剌豈不知前事耶

二十日晴

英國造鐵路之費已費英金十萬萬餘磅以英里計之即每里需金三萬七千磅其費也有公議院費狀師費購地費償補人產業虧損之費築路蓋屋造汽車客車貨車各費股利與賞郵銀兩亦均在費之中惟各國交界處鐵路之闊狹不一蓋以防戰爭時越境者也　因謹按外國泥沙金銀人工之價甚鉅故鐵路之費亦鉅中國自造必不如是之費湖廣總督張之　所估鐵路之費其價又似太賤則未知鐵路之費有非關鐵路而因鐵路以俱來者亦斷不能如彼其賤也

二十一日晴

日本國家於英國船廠訂造巡船一艘長三百十尺闊四十二尺

深二十三尺八寸吃水十四尺重二千四百五十頓計有阿姆斯脫郎四寸七分口徑快礮十尊四十七密理邁當霍斯開斯礮十四尊格林礮三尊放水雷之管三具船身之長三分之二護以鋼甲其形如帶厚四寸四分寸之三其機器艙與火藥艙之上皆護以半寸厚之鋼板二層其餘一切新法皆備云　因查近日新法航海兵艦以一萬頓爲上取其船大礮巨非僅船堅礮利也行江河兵艦則取其入水之淺且可折開欲其便於駛而能入內地也日本初設兵艦試之我臺灣而得利故沾沾自喜其實我之海軍已過之矣

二十二日晴

法人已在安南之東京興築鐵路以達中國英人見之遂於緬甸亦造鐵路以抵雲南按英國緬甸鐵路已由冷貢起造特尚未造至雲南西界耳印度之鐵路亦已造至緬甸北界以後造至雲南西界可與冷貢鐵路一路相通不僅恃印度通中國矣　因謹按越南緬甸暹羅諸小國我

朝以爲荒服僅羈縻之彼亦以爲僻陋在東無所設施自古至今安於渾噩不意風氣日開中國存之而外國滅之也緬越既滅英法遂設關權開鐵路通輪舟向以爲無可設施者今居然通商賈焉暹羅僅存不出十年亦將爲英法所縣耳此亦猶禹會諸侯執玉帛者萬國至春秋則數十而已至列國則七國而已雖曰人事

豈非天哉

二十三日晴以上四日皆堅氷

聞俄國游歷會人員馬爾騰至甘肅青海等處游歷隨身帶有遠鏡以備窺測天文觀經緯綫以定地理云　因查近年歐洲各國好遊阿洲英人俄人好遊西藏所謂遊者卽係偵探諱偵探以杜人之疑也名爲遊以冀人之允也緬越二國英法已得隴矣西藏一區俄人又望蜀焉拒之不能備之亦不易矣

二十四日晴

法國所籌越南費用年少一年如一千八百八十七年有法銀六千二百萬佛郎者逾年而減至五千一百萬又逾年而減至四千

五百萬至今年則僅三千八百萬云　因查三千八百萬佛郎合銀五百萬兩籌費漸減其爲度支日絀歟抑爲歲入日增歟未可知也然料法人必不棄越南以其可以規暹羅而窺印度也

二十五日　大雨申刻見日

嘗聞美國之富由於礦產之饒茲將美國一千八百八十九年即中國光緒十五年此一年中各省所出煤鐵金銀銅錫各項若干計値若干詳細譯出分類錄備考據邊西梵尼亞省九江地有採白煤之田共四百六十一處共出白煤四千零六十六萬五千一百五十二頓値銀六千五百七十一萬八千一百六十五圓伊連內司省六十江地有大小煤礦與煤窟共一千零七十二處共出

煤一千二百一十萬四千二百七十二頓值銀一千一百七十五萬五千二百零三圓阿埃阿省二十九江地有大小煤礦與煤窟共二千零六十八處共出煤九百九十七萬六千七百八十七頓值銀九百三十五萬五千四百圓埃阿亞省共有大小煤礦與煤窟三百九十五處共出煤四百零六萬一千七百零四頓值銀五百三十九萬二千二百二十圓西華前尼亞省三十五江地有大小煤礦與煤窟共一千一百十一處共出煤六百二十三萬一千八百八十頓值銀五百零八萬六千五百八十四圓阿拉巴麻省九江地有大小煤礦與煤窟共六十六處共出煤三百三十七萬八千四百八十四頓值銀三百七十萬七千四百二十六圓美蘇

利省共有大小煤礦與煤窟四百七十九處共出煤二百五十六萬七千八百二十三頓值銀三百四十七萬八千零五十八圓哥拉黎都省共有大小煤礦與煤窟九十三處共出煤二百三十六萬零五百三十六頓值銀三百六十萬五千六百二十二圓諫沙司省共有大小煤礦與煤窟四百二十二處共出煤二百二十三萬零七百六十三頓值銀三百二十九萬四千七百五十四圓美國馬理蘭省阿力根尼江地（即中國一縣之大）有大小煤礦與煤窟四十一處盞列江地有大小煤礦與煤窟三十九處共產煤二百九十三萬九千七百十五頓值銀二百五十一萬七千四百七十四圓（此係出礦之價）煙甸亞拏省十九江地有大小煤礦與煤窟共三百五十

處共出煤二百八十四萬五千零五十七頓值銀二百八十八萬七千八百五十二圓堅得基省四十五江地有大小煤礦與煤窟共一千八百四十一處共出煤二百三十九萬九千七百五十五頓值銀二百三十七萬四千三百三十九圓田尼西省十六江地有大小煤礦與煤窟共八十二處共出煤一百九十二萬五千六百八十九頓值銀二百三十三萬八千三百零九圓華盛頓省有煤礦十二處共出煤九十九萬三千七百二十四頓值銀二百二十萬三千七百五十五圓歪阿明省共有大小煤礦與煤窟二十五處共出煤一百三十八萬八千九百四十七頓值銀一百七十四萬八千六百十八圓煙甸屬地共有煤礦十處共出煤七十五

萬二千八百三十二頓值銀一百三十二萬三千八百零六圓滿天拿省共有大小煤礦與煤窟三十處共出煤三十六萬三千三百零一頓值銀八十八萬一千五百二十三圓紐墨西哥屬邦共有大小煤礦與煤窟三十處共出煤四十八萬六千九百八十三頓值銀八十七萬二千七百八十五圓華前尼亞省八江地有大小煤礦與煤窟共五十八處共出煤八十六萬五千七百八十六頓值銀八十萬四千四百七十五圓嘉里寬尼亞柯利根省共有大小煤礦與煤窟十一處共出煤十八萬六千一百七十九頓值銀四十五萬一千八百八十一圓阿諫沙士省共有大小煤礦與煤窟二十四處共出煤二十七萬九千五百八十四頓值銀三十九萬五千

八百三十六圓友打屬邦共有大小煤礦與煤窟十一處共出煤
二十三萬六千六百零一頓值銀三十七萬七千四百五十六圓
的沙士省共有大小煤礦與煤窟十處共出煤十二萬八千二百
十六頓值銀三十四萬零六百十七圓佐治亞省兩江地北加羅
黎挐省有煤田共出煤二十二萬六千一百五十六頓值銀三十
三萬九千三百八十二圓米施根省六江地有大小煤礦與煤窟
共十二處共出煤六萬七千四百三十一頓值銀一十一萬五千
零一十一圓的哥打尼巴拉司加省共有大小煤礦與煤窟三百四十三
處共出煤三萬零三百零七頓值銀四萬六千三百三十一圓
米施根省有鐵礦七十三處共出鐵五百八十五萬六千一百六

十九頓值銀一千五百八十萬零五百二十一圓紐約省有鐵礦三十五處共出鐵一百二十四萬七千五百三十七頓值銀三百一十萬零二百十六圓邊西梵尼亞省有鐵礦一百八十九處共出鐵一百五十六萬零二百三十四頓值銀三百零六萬三千五百三十四圓民尼稣打省有鐵礦四處共出鐵八十六萬四千五百零八頓值銀二百四十七萬八千零四十一圓威司根先省有鐵礦十六處共出鐵八十三萬七千三百九十九頓值銀一百八十四萬零九百零八圓阿拉巴麻省有鐵礦四十五處共出鐵一百五十七萬零三百十九頓值銀一百五十一萬一千六百十一圓紐遮施省有鐵礦二十四處共出鐵四十一萬五千五百十頓

值銀一百三十四萬一千五百四十三圓華前尼亞西華前尼亞省有鐵礦三十八處共出鐵五十一萬一千二百五十五頓值銀九十三萬五千二百九十圓田尼西省有鐵礦十六處共出鐵四十七萬三千二百九十四頓值銀六十萬六千四百七十六圓美蘇利省有鐵礦八處共出鐵二十六萬五千七百十八頓值銀五十六萬一千零四十一圓阿埃阿省有鐵礦七十處共出鐵二十五萬四千二百九十四頓值銀五十三萬二千七百二十五圓哥拉黎都省有鐵礦十八處共出鐵十萬九千一百三十六頓值銀四十八萬七千四百三十三圓佐治亞北加羅黎挐省共有鐵礦十七處共出鐵二十五萬八千一百四十五頓值銀三十三萬四千零二十五圓幹匯

（地葛緬馬撒朱昔）省共有鐵礦七處共出鐵八萬八千二百五十一頓值銀二十六萬五千九百零一圓（埃打賀滿天拏）省有鐵礦七處共出鐵二萬四千零七十二頓值銀十五萬八千九百七十四圓堅得基省有鐵礦四處共出鐵七萬七千四百八十七頓值銀十三萬五千五百五十九圓（紐墨西哥屬邦友打屬邦）共有鐵礦兩處共出鐵三萬六千零五十頓值銀七萬九百五十六圓（地拉威馬理蘭）省共有鐵礦十四處共出鐵二萬九千三百八十頓值銀六萬八千二百四十圓（柯利根）（華盛頓）省有鐵礦三處共出鐵二萬六千二百八十三頓值銀三萬九千二百三十四圓的沙士省有鐵礦兩處共出鐵一萬三千頓值銀一萬九千七百五十圓

哥拉黎都省共出鉛七萬零七百八十八頓值銀二百一十萬一千零十四圓三角一分美穌利省共出錫九萬三千一百三十一頓值銀二百零二萬四千零五十七圓一角四分共出鉛四萬四千四百八十二頓值銀一百五十七萬一千一百六十一圓零四分埃打賀省共出鉛二萬三千一百七十二頓值銀一百零四萬二千六百二十九圓三角一分友打屬邦共出鉛一萬六千六百七十五頓值銀七十六萬三千三百二十九圓零九分威司根先省共出錫二萬四千八百三十二頓值銀四十萬零五百六十七圓零八角六分共出鉛一千六百七十八頓值銀六萬四千零六十二圓五角三分滿天挐省共出鉛一萬零一百八十三頓值銀

四十五萬六千九百七十五圓四角埃阿亞省共出錫四百五十頓值銀三千六百圓諫沙司省共出錫三萬九千五百七十五頓值銀二十九萬九千一百九十二圓零五分共出鉛三千六百十七頓值銀十萬三千二百三十六圓四角六分遜西梵尼亞紐遮施省共出錫六萬三千三百三十九頓值銀十七萬五千零五十二圓零二角紐墨西哥屬邦共出錫一百四十頓值銀二千五百二十圓共出鉛四千七百六十四頓值銀十七萬零七百五十四圓零五角九分華前尼亞田尼西省共出錫一萬二千九百零六頓值銀十四萬一千五百六十圓共出鉛二百六十八頓值銀一萬零七百二十圓阿林宣挐屬邦共出鉛三千一百五十八頓值銀九萬八千七

百四十七圓八角四分尼華打省共出鉛一千九百九十四頓值銀七萬二千六百五十三圓零六角四分伊連內司省共出鉛一百七十三頓值銀四千八百圓南的哥打省共出鉛一百一十六頓值銀四千六百五十三圓四角四分阿諫沙士省共出錫一百三十頓值銀三千二百五十圓共出鉛二十頓值銀四百圓嘉里寬尼亞省共出鉛五十三頓值銀一千九百九十九圓六角五分滿天挐省出銅九千七百八十六萬八千零六十四磅米施根省出銅八千七百四十五萬五千六百七十五磅（每頓計二千磅）阿林宣挐屬邦出銅三千一百三十六萬二千六百八十五磅紐墨西哥屬邦出銅三百八十八萬三千零十四磅鎔鑄鉛廠共出銅三百三

十四萬五千四百四十二磅哥拉黎都省出銅一百十七萬零五十三磅埃打賀省出銅十五萬六千四百九十磅嘉里寬尼亞省出銅十五萬一千五百零五磅歪阿明省出銅十萬磅華孟省出銅七萬二千磅友打屬邦出銅六萬五千四百六十七磅尼華打省出銅二萬六千四百二十磅華前尼亞田尼亞省出銅一萬八千一百四十四磅

哥拉黎都省出金值銀三百八十八萬三千八百五十九圓出銀二千三百七十五萬七千七百五十一圓滿天挐省出金值銀三百一十三萬九千三百二十七圓出銀一千七百四十六萬八千九百六十圓嘉里寬尼亞省出金值銀一千二百五十八萬六千

七百二十二圓出銀一百三十七萬三千八百零七圓尼華打省出金値銀三百五十萬六千二百九十五圓出銀六百零七萬二千二百四十一圓阿林宣挐屬邦出金値銀九十一萬零一百七十四圓出銀二百三十四萬三千九百七十七圓的哥打省出金値銀三百零九萬一千一百三十七圓埃打賀省出金値銀一百九十八萬四千一百五十九圓出銀四百零五萬六千四百八十二圓柯利根省出金値銀九十六萬四千三百零九圓出銀二萬三千三百八十二圓阿拉司加屬邦出金値銀九十萬四千六百五十圓出銀一萬一千九百十八圓紐墨西哥屬邦出金値銀八十一萬五千六百五十五圓出銀一百六十一萬七千五百七十

八圓友打屬邦出金值銀四十八萬七千六百六十六圓出銀九百零五萬七千零十四圓的沙士省出金值銀六千八百二十八圓出銀四十一萬八千一百七十三圓華盛頓省出金值銀一十八萬六千一百五十圓出銀三萬六千八百零一圓北加羅連挐省出金值銀十四萬六千七百九十五圓出銀三千八百七十九圓佐治阿省出金值銀一十萬零七千六百零五圓又出銀四百六十四圓米施根省出金值銀八萬七千零四十圓出銀一萬八千八百八十五圓南加羅連挐省出金值銀四萬六千八百五十三圓出銀二百三十二圓歪阿明省出金值銀一萬四千五百十二圓馬理蘭省出金值銀一萬零三百六十九圓華前尼亞省出

金值銀四千一百圓出銀十三圓阿拉巴麻省出金值銀二千五百三十九圓出銀一百圓　因查美國所出之煤共九千九百六十九萬餘頓值銀一萬三千一百五十五萬餘圓鐵一千四百五十一萬餘頓值銀四千五百四十二萬餘圓鉛錫四十一萬餘頓值銀九百五十一萬餘圓黃金值銀三千二百八十七萬餘圓銀值銀錢六千六百二十六萬餘圓合而計之共值銀二萬八千六百零三萬餘圓銅價尚未計焉分而較之煤之所值爲最鉅次則銀次則鐵又次則金金之所值不及煤價之半證以　前所聞開礦之利以煤爲最重信不誣也中國之金產於北今則臺灣越南山東皆有之鐵產於湖南今則湖北皆有之鉛錫與銅產於雲貴

而銅尤旺惟歐洲礦學家皆謂中國之煤爲最多且云一省之煤可以敵英法德比各國之煤然則中國之寶藏蘊於地者固極天下之至富也擅天下至富之權有創之者仿美國而開採之何患財用之不足哉但必興鐵路則遠水之礦方能運出耳　請朝鮮公使醼　美國可耕未耕之地向有九萬萬六千英畝乃十年前已耕之地已有五萬萬三千六百零八萬一千八百三十五英畝至近年來已耕之地必更多未耕之地必更少其未耕之地又大半爲鐵路公司所有將來人煙益多空地益少云　因嘗於同治十二年考外國民數表美國只三十六兆人耳以美國之地處美國之人五百年中不憂人滿乃至光緒十七年中間僅十八年而

其民數已增至六十餘兆此非其民之生息蕃衍實客民之入籍者多也美之深識者遂隱隱有人滿之慮擇其易禁者而禁之遂與華人爲難夫禁華人而果不憂人滿乎哉 因竊以美之禁自華人始不自華人止也

二十六日晴

歐洲各國查阿非利加地方曠土山林人迹不到之處樹木陰森干霄蔽日者約計有一百零七萬五千二百萬株其小者則如恒河沙數材木之多棄而不用爲可惜也 因查此遊歷者之言也不遊阿洲安知阿洲之土產既已知之能不惜之且垂涎矣子有衣裳弗曳弗婁子有車馬弗馳弗驅歐洲各國皆詩之所謂他人

也其將入室乎

二十七日晴

礦務委員徐麟光來見爲至美購開礦機器並訪查開礦之法

因謹按歐墨兩洲均以開礦爲重謂爲天地自然之利卽禮所云貨惡其棄於地之意又謂煤鐵二者乃富強之至寶蓋以槍礮兵輪火車均非煤鐵不能成而機器各局所以製造槍礮輪船鐵路火車者亦均恃乎煤鐵推之鐵甲礮臺起重機器均煤鐵是賴則以煤鐵爲富強之本信乎然也

二十八日晴

越南地方分爲四省其版圖大於日本而民數遜之一交趾六萬

英方里人數一千二百萬一安南中省十萬六千英方里人數六百萬一安南南省二萬二千餘英方里人數一百六十萬一安南西省三萬二千英方里人數一百五十萬共合中國三省之大法國踞此現在開北路以通廣西雲南開西路以勦撫生番並通暹羅開西北路以通緬甸此近日之布置也法國由東京至富蘭團地方已造鐵路先行開車試辦以示越南民人有利無弊之意且邀請該處紳士搭坐火車來回俾知鐵道有關係於國計民生之處云　因接二十年前法人垂涎越南歐洲各國皆知之至見於報中國亦知之矣爰派徐延旭往查始知東京已爲法人所踞思有以防之而究無補於越南之滅亡者緩不及事也中國非無卓

識之人而不免囿於緩之習及今日而振作尚未遲也雖然不可以再緩也　蘭白樓兵艦前在浙江洋面測探水綫現奉水師提督之命仍駛各海道未經測量之處復行查探以竟全工云

二十九日晴

美國之地廣而膏腴民之中農居半美國向分三黨一曰南黨一曰北黨一曰工黨今年又立一黨名農黨刻聞農黨意欲國家多造銀錢紙幣云　因查美之南北黨兩不相下前三十年曾交戰矣其舉總統也則南北黨各舉一人再由各省之民擇定故工黨可南可北祖南則南盛祖北則北盛而南北兩黨莫不牢籠之以爲得總統議紳之劵而工黨氣燄遂大矣此農黨者殆欲於工黨

效矍乎

二月初一日 晴夜大雨

聞新加坡埃白金礦出金甚旺嘗以礦石三百五十噸鍊之得金八百七十兩云 因以每噸一千六百斤乘之爲五十六萬斤再以八百七十兩析之爲礦石六百四十斤零得金一兩尚不如舝天之金礦臺灣之金沙也

初二日 小雨

緬甸人之不服英國者英以兵力迫之爭戰累年又云緬甸有大鐵木數十萬根在麻木門地方堆積悉中棟梁之選無人運售英廷擬免稅以恤商欲貨之不棄於地也 因於光緒十五年八月

由金山至華盛頓計程一萬餘里途中所經多樹林土人用機器隨其大小斵削成材以火車運出其利無窮夫以荒僻之地人迹罕到之區苟無機器安得有如許人斵削苟無鐵路安得有大力者負肩觀於此而知東三省之廣莫若興鐵路不難變爲繁富之區焉

初三日晴

英國屬地新金山近來關稅甚旺田賦亦足鐵路進欵亦復較多故庫藏大見充盈殊非先時所及料云　因查新金山卽澳大地亞法和兩國始得之以爲荒遠旋卽棄之英人乃經營之其地之廣埒於亞洲華人趨之若鶩英政府按名收身稅一百圓猶屬至

也竊謂萬物無不生於土天下之利莫大於地不善經營則貨棄於地非地之不善也法荷輕棄新金山之地乃爲英之外府宜其讓英以富強矣

初四日晴

俄國欲自高加索部接造鐵路通至波斯京城其地已由波斯給與俄人今俄國工師前往測量道里矣 因謹按中亞細亞各回部除阿富汗爲英國所保全外其他各國俄實盡之今所存者惟波斯耳乃又中俄廷之計任造鐵路直達其京俄之利波斯之害也波斯其可危乎

初五日晴大風

緬甸秦人不靖曾毀壞康淮地方之橋梁堯淮至增德地方十一英里長之電綫英人以兵討之　因查電綫鐵路初興多有阻撓之者不得謂之不靖也緬甸如果有人則以數百倍之衆制英孤立之防兵如齊人殲於遂矣英且憚之矣

初六日雨

新報言俄國布哈爾地方有兵六萬日事操練今更壁壘一新

因案此地卽穆哈剌在中國喀什噶爾之西本回部小國而俄征之已爲俄屬矣俄又奪其國柄故一切用俄之號令而壁壘一新也　十三年閏四月照美外部云李中堂來電云福久與韓諸小人勾結謀畔華久恐生亂商之駐中韓美使均云可徑請外部調

回等語事關重大刻下貴大臣想已查明可否轉商水師部大臣即速將福久電調回國免生變亂美外部復云福久向來品望端崇係按美高一千八百八十二年所立約欵第二條派充駐韓代辦公使任內視事小心實與電開情形軒輕蓋因從前別國報館刋布謠言誣論福久以致高麗外部頓啟猜嫌嘖有煩言至今未息但高麗外部既以福久爲未能允洽本大臣已商允水師部大臣飭福久仍赴本國師船馬利安供職 張任案

初七日晴

聞歐洲之婆羅洲新闢華人之在該洲司種植者甚多云 因謹按婆羅洲正當赤道之中與新加坡同緯綫其地極熱草木暢茂

凡極熱之地瘴氣必多故歐人至今始闢之華人卽趨之華人足迹徧地球亦可見我國民數之衆矣

初八日　小雨

近聞德英兩國因阿非利加洲之暫齊白國所屬之二島爭地未決英葡兩國亦以爭阿非利加洲之新土似欲失和法人又欲襲取阿非利加洲之屋梅登都城然則歐洲各大國均垂涎於阿洲矣　十三年七月准總理衙門咨到會議御史陳琇瑩條陳算學取士并游歷人員計俸具奏內開製造各學未嘗不探源於算術欲盡取西學之所長殆必以算學爲先導擬請

旨飭下各省學臣於歲科試時生監中有報考算學者除正場仍以四書經文詩策外其考試經古場內另出算學題目果能通曉算法卽將原卷咨送總理各國事務衙門覆勘註册俟鄉試之年按册咨取赴總理衙門試以格物測算及機器製造水陸軍法船礮水雷或公法條約各國史事諸題擇其明通者錄送順天鄉試不分滿合貝皿等字號如人數在二十名以上統於卷面加印算學字樣與通場士子一同試以詩文策問無庸另出算學題目其試卷由外簾另爲一束封送內簾比照大省官卷定例每二十名於額外取中一名但文理淸通卽爲合式如並無淸通之卷任缺無濫卷數雖多亦不得過三名以示限制其錄科之卷總理各國

事務衙門於揭曉以前咨送禮部備查至會試向無另編字號之例凡由算學中式之舉人應仍歸大號與各該省士子合試憑文取中如此則搜求絕藝之中仍不改科舉得人之法似亦鼓勵人才之一道張任案

初九日雨

俄國人之富於財者近向波斯議開鐵路於其北境以便與波京相通 因謹按漢武之通西域爲開邊計也西域人能拒之不使深入者則以輪船鐵路未創行遠太難不知其中虛實故聞計程數萬里攜糧一二年之言畏而中止也然則雄才大略中國固早有其人惜未竟其緒耳

初十日 下雪申刻雪止中夜大風

新報言墨西哥國賦稅甚旺鐵路進欵亦豐集股之事無不踴躍他邦之人亦爭附之各項製造興作之事皆免稅以示招徠云

因嘗於光緒初年見墨西哥國出入表入欵計三百六十萬餘磅出欵三百七十三萬餘磅固已入不敷出矣所欠國債七千九百十萬餘磅歲交債息三百九十四萬餘磅是不僅入不敷出且所入者尚不敷國債之息矣新報所言想係招徠之辭不可信也

十一日 晴日出

法國游歷人員名曹夫馬丁前曾遊歷西比里亞今由京都赴萬里長城由甘肅蘭州西甯前往西藏游歷 因謹按前此但聞英

俄二國派人員遊西藏法未聞焉今法亦接踵者何也蓋法人得越南其爭西藏之力可與英俄抗衡由老撾以達蒙自陽則開通商之途陰實開通藏之路路可通矣遣員遊歷者所以深入而探虛實也

十二日晴

接北洋咨文爲容閎事　英國大鐵路二十三條共長一萬六千二百四十四英里並四分里之三較去年增九十五里近於一禮拜之內所收進欵共有英金一百二十六萬九千二百五十二磅較去年是時多三萬八千九百五十五磅　因謹按鐵路之裕國利民實無疑義美國官紳嘗爲因言曰美自華盛頓立國至今一

百一十年耳其富庶如此之速者鐵路之力也自鐵路通達東西洋而土產遂通於歐墨兩洲而無棄於地美之民數前二十年僅三十餘兆今則六十餘兆矣利之出於地者日增民之歸於美者亦日衆此明效大驗也

十三日晴

照會容閎　因謹按年少學生出洋肄業誠良法美意然非其人不能行也哈富學堂耗國帑甚鉅而不能培植人才肄業學生皆改裝入教一無所成容閎又身入美籍以中國之學堂私行質銀不能正其身如正人何此之謂歟

十四日　晴北風

西人名忌里奮者卓舉超羣熟於古今之勢嘗言地球雖大他日必爲中俄英三國瓜分而成鼎足之勢又謂仰光一埠與中國雲南省毗連華人之旅於彼者四萬其他附近各小埠亦惟華人居多巨商大賈爲各籍之冠積之既久其地必入中國輿圖云 因

謹按中國民數之衆甲於地球僑寓南洋各島者數過西人百倍光緒十年嘗疏陳矣近至墨洲方知各國流寓華人此洲又復不少華人足迹徧天下如海軍強盛有大力者挾持之我
國聲威正未可量也

十五日 東南風大雪

越南法商二人隨帶二人入山購茶越人擄之勒銀五萬圓法員

以銀圓如數贖回　因查勒贖之風廣東四川浙江之台州常有之義大利亦有之誠爲地方之害而不可以例越南也其人固法人之仇讎而越人之豪傑也

十六日　晴雪隨化盡

法國各新報中皆言安南東京將來可必商務之盛蓋觀蒙自龍州稅關所報及北海商務報單而知也又謂藩部大臣有先見之明令造鐵路以達諒山是路一成東京商務必振雖此路成後尚未能與廣西水路直接自廣西至東京尚有水路載運之勞然東京土貨可以日出法國屬地之中如東京者誠少云　因嘗查法國屬地徧於亞墨阿三洲共四十六萬餘方英里民數二百六十

餘萬人地以在墨洲者爲廣民以在亞洲者爲多越南民數幾居其半此法人所以謂他屬之不如也往年元世祖曾混一歐亞兩洲矣固一世之雄也而今安在哉

十七日晴

接容閎英文咨文並鬻肄業局學堂美銀八千五百四十一圓三角六分 因謹按哈富學堂費美銀四萬三千圓造成而鬻出僅一萬餘圓又經扣剝僅得數千圓耳容閎眞小人哉 摘錄出洋游歷章程 一各衙門人員願出洋者先考試以定去取 一游期以二年爲限過限者自備貲斧 一四品以上者雖自願行仍由衙門請

旨五品以下人員每月給薪水二百兩准僱繙譯一名月給薪水五十兩一往返川資准按人用二等艙一位僕役三等艙一名准作正銷一准預支薪水六箇月公項銀一千兩備用不敷則在各使館借支一游歷之時應將各處地形之要隘防守之大勢遠近里數風俗政治水師礮臺製造廠局火輪舟車水雷礮彈詳記備考一各國語言文字天文算學化學重學電學光學測量之學格致之學亦可錄備參考一游歷回華擇其才識卓著者奏請給獎

張任案

十八日晴

聞美廷新簡駐朝鮮辦事大臣兼總領事者爲赫爾德其人前在

上海經商 因查領事之設所以護商護商者當諳商務猶治民者當知民事也 十三年七月寓小呂宋華商稟稱該省總督出示不准華人行醫藥肆售藥必由該國醫生考試後得給准照方准行醫售藥又發電必將事由告知云云請速援救嗣由駐日代辦使事駁除 因按外國無事不壟斷此不過欲華醫失業而本國醫生藥肆專利耳乃地方官居然徇之然則我中國之寬大殊不可及矣 張任案

十九日 晴天氣暖

又照會容閎查詢前所留銀一萬餘圓 美國南方鐵廠鍊鐵爲鋼他處所鍊之鋼無其美者謂足與英鋼相埒云 因嘗聞美國

議紳之言曰人知美國之多金礦而不知美國鐵礦亦多也金礦以致富鐵礦以致強槍礮鐵艦非鐵不能成焉且鐵礦尙有勝於金礦者何也金礦有私藏偷漏之弊鐵礦無之此物此志也

二十日陰

律師嫁女送湖縐熟羅各一疋甆器二件　聞暹羅京中改設電燈因由滬至日本由日本至美至法舟中皆用電燈美法客棧亦電燈蓋其光淸其價廉而又無火患數十年後地球當無非電燈矣

二十一日小雨天氣尤暖不能著棉

阿非利加之南有一山曰薩枯羅其中多金英人現正採取　因

謹按中國東三省朝鮮產金由來久矣自礦學興而山東臺灣越南均產金日本亦產金印度西比利亞亦產金亞洲產金之地誠多矣阿洲古以爲沙漠之地煙瘴之區而亦產金焉惜乎土人闇之而他人有之也

二十二日晴

赴律師科士達宅送嫁亦茶會之式主客握手爲禮各訪其所素識者談心直至夜闌食茶果酒肴而散因獨後因詢駁苛例事科士達謂條陳已撰就明日卽發印印成後分給議紳卽於是日赴議院面駁因領謝之

二十三日晴

咨北洋爲容閎事　俄國裏海地方之鐵路既成數年以來貿易日盛前四年中每年運出棉花九十萬浦達（一浦達合二十七斤）今年增至一百七十七萬其日盛如此　因查美國會賽棉花會其種類甚多種固不同其實亦資人力中國棉花每年出口亦互皆運至歐洲紡紗織布而又轉售於中國也中國如自興機器則獨擅其利矣

二十四日雨

俄廷向法國借銀七千萬兩以四千餘萬兩償舊欠之債　因嘗考地球各國之國債而矍然也俄之國債已近二十萬萬兩矣未爲多也有按年交息逾一萬萬兩者矣英法是也有計一年所入

正供不足供一年之債息者矣葡萄牙墨西哥威內薩是也夫至所入不敷債息則國事難爲矣

二十五日雨

美國政府今年與英換約　因聞美國將與各國立報施之約其意在暢銷本國土產其有不銷美國土產之邦則增其入口之稅意在足民裕國也　十三年八月總理衙門咨到中國與大西洋國約章一前所訂大西洋國永居管理澳門之第二欵大淸國仍允無異一前所訂大西洋國允准未經大淸國首肯則大西洋國永不得將澳門讓與他國之第三欵大西洋國仍允無異一大西洋國堅允在澳門協助中國徵收由澳門出口運往中國各海口

洋藥之稅釐 張任案

二十六日晴

俄國擬於黑海地方由桂打嶼至奴馬奴式造火車鐵路又增添鴨綠江一帶之運兵船　因查俄之國勢環繞北冰洋無後顧之患跨歐亞兩洲有蠶食之易三百年前不過七十五萬六千方里耳今已十倍之矣為之鄰者其可無戒心哉

二十七日晴

謁外部大臣布連又至律司處聞德國首相畢思麻將告退　因查德意志即日耳曼歐人以為王氣所鍾從前頗為法國所制自一千八百七十年其君威稜第一相臣畢思麻將臣毛奇特合謀

戡法遂霸歐洲現威稜第一已歿將相猶存畢思麻何忽告退毋乃有君奭不悅之意歟

二十八日 晴 夜雨

檀香山商董程汝楫古今輝來函言該國立例苛制華人無約之國無從照會當卽往見駐美檀香山公使公使許爲函致政府而諄諄以立約爲急 因謹按檀香山卽夏威仁國外國名火蘇魯魯太平洋中小島國也國中不過數萬人而華人已二萬喧賓奪主旣可虞矣鄰近之美國方禁華人該國事事步趨美國有不則效之乎

二十九日 小雨

署新疆巡撫魏光　新查得羅布覺爾地方肥饒擬興開墾云

因謹按東三省前議開墾移民給地終至荒蕪論者遂以爲北邊苦寒不宜播種其實非也俄地當新疆之北其氣候尤寒近三十年來穀之出口至英者計二千餘萬石其故由於鐵路興則農民之徙來者易雜糧之運出者亦易也我國西北一帶荒地興鐵路後其民必增其墾即廣斯言也此時未必以爲然也請以此爲息壤之盟

三十日　晴夜雨

奢士格闌脫來見　照會江海關以所收容閎變賣學堂之八千餘圓匯交　因查奢士格闌脫乃前美總統格闌脫之次子也格

總統削平南北花旗之亂厥功甚偉歿後乃刋其戰蹟成書各國爭購之得銀一百五十萬圓除工本外實餘五十萬圓今攜所刋本以相贈且言其母尙有著作卽將刋印發售焉中國著作家以趨名外國著作家以趨利其實同也

閏二月初一日　小雨午後晴霽

謁奢士格闌脫談及其父當南花旗作亂時北花旗鐵路未成屢戰不利及鐵路竣而增兵至一百二十萬人調動靈捷戰無不勝又値南花旗餉絀遂亦求和鐵路誠富強之第一著也歸而志之

十三年九月准北洋咨到奏議電報商局應收京外衙門頭等官報費擬請酌給現貲一半悉心酌核所有軍機處海軍衙門總

理衙門戶部等衙門南北洋大臣出使各國大臣頭等官報皆關
軍國要務請自光緒十三年六月起按月結算報資以一半由衆
商報効一半撥照遞寄外洋電報章程歸出使經費項下按月核
給各省將軍督撫頭等官報亦屬緊要事件並由衆商報効一半
其餘一半各就情形籌發現資以期衆擎易舉均葢用印信爲憑
此外提鎭司道防營局所礮臺兵船印委寄報均照三四等章程
令其自行出費如遇軍務海防要件亦照商報出費仍發在商報
之先以示區別 張任案

初二日晴

美國婦人會函請往觀婉辭之 因查歐墨兩洲客謁主人例兼

謁其妻女而不謁其子習俗然也其妻女并出見且有主人出門而妻女自應客者中國風俗亦頗知之嘗有質於因者曰聞中國重男而輕女夫有權而妻無權信乎因未對則又曰美國女子均讀書均出遊均承父母之產婦不得淩其夫夫亦不得虐其婦也中國之婦人似苦矣因答以習俗使然夫亦各有所當也

初三日晴

美國新簡赫爾德業爲駐高麗之公使不日啟行赴高麗　因憶美外部嘗言高麗世爲中國藩屬各國知之俄人之覬覦高麗中國准高麗與各國立約牽制以圖存各國無不知之因答曰高麗與日本比鄰而常見侮於日本考其疆域抵日本十之八其人民

抵日本十之七而強弱迥異者則守株不變之故也日本尙不能

拒其何以拒俄哉此中國之慮也

初四日雨

英人之在美國祕林海面捕魚者美人設苛例如待華人者禁制之因以爲此必不能行也美如強行之必生事端矣　十四年八月總理衙門來函并抄到兩廣總督張函言美國販來火油最多易於引火粤省人煙稠密動輒延燒數百家皆受火油之害請向其外部相商禁美商販油來華即援伊禁華工赴美之法以抵制之當於二十三日照美外部并晤美外部未見結案聞已由田貝轉圜矣張任案

初五日雨午後晴

前聞高王按照日高和約准將平陽一城開作通商口岸聞中朝駐高使臣袁世凱移咨高王謂平陽一城無論何事不得開口通商云　因謹按立約通商大國藉以牟利小國藉以免害強國藉以兼并弱國藉以圖存墨洲小國多有小於高麗其民數尚不及十之一者通商以後鐘虡晏然或曰兼并之風未啓也然亦練兵教戰保固封疆未嘗敢聽客之所爲而藩籬盡撤也

初六日大霧迷漫晴

英國屬地在可侖比亞者華人在彼已久近政府忽加抽身稅限禁華人　因查澳大地亞之新金山亞洲之呂宋墨洲之古巴卡

拿大均抽華人身稅美國不抽身稅而禁例日嚴華人均趨之若鶩者有可謀生也或曰中國以人計地固患人滿矣然比利時小國也其人尤滿而不聞越境謀生者則以本國之商務工務礦務日興用人日衆遊手者少故出境者亦少耳

初七日 晴未後雨

法國銀庫大臣核計去年國賦所入與國用所出不敷三十兆佛郎 因查三十兆爲三千萬以五佛郎拚一圓合六百萬圓不敷若此不爲多也法國入欵歲約三萬萬餘圓以一萬餘交債息實有二萬萬圓尚不敷用則近年增造鐵艦之數太鉅也

初八日 雨辰刻雷始發聲窗之玻璃震動作響

聞科士達昨日已到議院駁除苛例因即往謁見詢以駁詰情形科士達曰此例本出工黨之意美國公正紳士頗不謂然而議紳中如密組馬羅飛路頓士吉等結交亦寡附之者尚不甚多故當駁詰之時除密組數人外尚無昌言新例之當行者衆旣無言新例自當廢矣因詢以將來如何善後之法科士達曰僅恃駁詰聊顧目前律司之力止此欲求善後則在政府熟籌之其意似指抵制而不肯明言因謝之

初九日大風晴

聞印度種茶日廣茶務日興英人嗜之者亦日益衆俄國茶船向運火油於印度者今皆載茶而回蓋以印度之茶較中國茶價爲

賤也　因謹按中國之茶出口之稅太重前此印度日本不出茶時外國之購茶者非中國不可得今四十年來各國產茶日多各國之例出口貨物本國向不收稅則成本較輕以較中國則價爲賤故皆舍中國而趨印度日本中國出口之茶遂減於昔而種茶之地漸就荒蕪矣物窮則變深識者宜知所變計也

初十日晴風漸小

俄國高加索人爲留後兵者今大增其數　因查俄之國勢跨三洲而偏重於歐高加索地在歐洲故增練兵不足異也　閱舊案自禁華工之說始於光緒十一年十二月金山領事歐陽明禀請其意因美國苛制不已加以焚殺不如自禁遠害所見亦是以後

總理衙門亦有此意張大臣遂與美外部商辦既有頭緒於十三年二月出奏嗣粤省華商及寓美華商禀於兩廣總督以爲不宜請奏飭詳議遂於十四年六月會同巡撫出奏由張大臣從新詳議美廷遂自立苛禁各例

十一日南風大雪午後轉北風雪尤大

新報載法人於越南解運軍糧之兵爲越人所攻刦軍糧盡失兵弁多損傷云　因閲孟子之言曰取之而民悦則取之取之而民不悦則勿取仁之至義之盡也然考之今日琉球之民不悦日本緬甸之民不悦英人越南之民不悦法人水益深矣火益熱矣未聞運也未聞動天下之兵也聖賢之言固可以自勉而不可以責

人也

十二日 晴至午雪化盡矣

倫敦報言緬甸境內之蘇巴末圍地方土民負嵎與英爲難 因

謹按緬甸者中國之藩屬印度之藩籬緬人不修職貢於中國久矣英人滅之所以固印度也且緬甸可通西藏英人方求於西藏通商是又爲西藏闢一徑矣

十三日 晴晨起有薄冰

美報言從前中俄定約俄人擬於黑龍江松花江等處駛行輪船以便疏通江以南之商務中國不允至今松黑兩江並無輪船踪跡蓋俄以無約不得入江而華船進江之處悉屬俄人轄境亦不

能往現聞俄國兵商等船時時入江海口之外巡哨測探而華船無一至者漠河金礦所需機器極形重大若由海道用輪船載往溯松花江而上一水可通頗爲便捷若由陸路到吉林轉運費重時延礦務已形棘手儻一旦有事俄人由海運兵運餉朝發夕至中國以何策禦之於溟渤之中伯都納一帶精華重地實覺可慮且我於陸路派兵轉餉數月方達豈非著著落後英法等國以中俄接壤時廑於心曾派官弁前往踏看至俄人垂涎有素其國之文武官弁於江之上下南北情形無不熟悉可不慎哉

十四日晴

聞日斯巴尼亞廷臣均已解任另舉一班 因查日國前十餘年

廢女主依薩伯拉後登卡洛斯爭國攻戰頻年庫儲匱乏自是以後國債日增稅歛日重每年交息已五千萬圓而入欵不過一萬數千萬此次廷臣之解任想因議貸議稅意見與議院殊故耳

十五日晴

俄報謂中國海防大非從前旅順一口建礮臺十一座陸可爲直隸之屏藩水可爲鐵艦停泊其餘力可遙護高麗蓋由旅順至高麗之濟物浦僅三百五十英里也其次則大沽扼北河而固京畿江防亦漸興築礮臺兵船日益云　因謹按地球各國均願鄰國之弱而不願鄰國之強以弱則易就範圍而強則難爭利便也俄與我鄰乃常越界而佔我北邊之荒地蓋因其地多金礦而垂涎

也我稍一布置而彼矍然驚焉此其志可知矣

十六日晴

賽爾斐亞國遣兵官二人赴法國學習兵法　因謹按賽爾斐亞歐洲之小國也前此曾與土耳其搆兵俄國助之爲英人所拒而土藉以不亡蠶鄰於俄土兩國者學習兵法亦自強之志也　十四年八月二十六日美總統基利芬竟行苛例張大臣於十二月

奏請

旨飭籌補救并呈自禁華工來美節略又照會美外部駁詰新例十五年正月美外部復以繙譯傳話錯誤不認前言嗣又再駁美外部復以幾費籌畫之事垂成而敗議院猝然倡議總統無能爲

也六月又駁八月副外部覆文簡略而已 張任案

十七日晴

勃爾加厘亞國擬貸銀六百萬兩以修武備興鐵路俄政府阻之

因查勃爾加厘亞與俄爲鄰而俄人向與有約准干預其內政

勃欲修武備是求強也興鐵路是求富也勃欲富強而俄阻之然

則所謂干預其內政者乃欲其貧弱折而入於己也亦猶保護之

云名爲保護而實滅亡之也

十八日晴

美國巴的馬與啞哈啞之鐵路去年一年之中進款有銀錢二千

一百二十七萬一千三百四十萬圓除用款一千四百七十八萬九

千九百二十二圓淨餘六百四十八萬一千四百十八圓　因謹按鐵路之爲利甚溥前嘗疏陳矣美國鐵路之長甲於地球故其富亦居第一非有鐵路則開闢荒陬不能如此之速剷平寇亂不能若彼之易也地球強富之國其鐵路皆多此明效大驗也

十九日雨午後止

倫敦報言英國求於西藏通商中國已允且立約矣　因謹按西藏與緬甸毗連而實通蜀之道蜀地殷富頗似江浙由其土產之豐也現已開口通商矣顧泝江而上其行甚滯若由緬甸西藏陸路以達則英獨得之利也宜其亟求立約也

二十日大霧小雨巳刻又見日影未後大雨且有雷聲

美紳言俄德二主相見德相畢思麻與於會俄君甚敬重之　因查德法師丹之戰乃德國轉弱爲強之機而歐洲昇平之始使德無畢思麻德不國矣俄君之敬重也亦猶秦楚之於信陵君回紇之於郭汾陽也　十四年八月准總理衙門咨稱准美國田使照稱本國上下議院現議定擬請各國派員會商保護行海船隻之事特於華盛頓京城立一萬國會定於一千八百八十九年四月十七日開會其所欲議之事係行船遇險及一切懸旂吹號並設法救生與考定除沉海報風險等章茲將節畧譯送請屆期派員赴會共商等因前來查該國設立海船公會係爲保護船隻起見至中國可否派員赴商本衙門無從懸揣相應抄錄來文節畧各

件咨行貴大臣酌量情形應如何辦理卽行聲復嗣派洋員畢士璧賈凝禧陳恩燾赴會 張任案

二十一日晴

奢士格闌脫來見 美國武弁格勒屯近出新法能以十五英寸口徑之礮放六百磅之炸彈合中國九里之遠各國皆羨之 因查外國之重新法也猶中國之重時文也新法出而其人富貴矣且國家又給以牌照假以歲年不准他人攘奪其利英國且特立名目別儲經費以獎出新法之人宜其於便民利用之事蒸蒸日上也夫

二十二日晴

律師來見言南墨洲之巴西國與巴來圭國接壤議築鐵路相通以興商務云　因查亞墨一洲惟美一大國耳巴西幅員亞於美然其民只九兆故其地荒蕪亦曾招工而工資甚微各國民人之赴之者往往到而復返巴來圭尤渺乎小者其築鐵路以求相接以墨洲衆國本有造幹路以通南北全洲之議冀以開風氣而破天荒耳

二十三日晴

奢士格闌脫來見　送奢士格闌脫行談次聞阿非利加洲有國名阿比西尼亞已認義國保護云　因查阿非利加一洲亘古洪荒自英人遊歷後各國多派人遊歷義國幅員不廣而水師尙強

故能長駕遠馭阿洲小國所以認其保護也自此以後風氣日開而阿洲各國均難自主矣

二十四日晴天氣暖可著夾衣

律師來信言美國近簡駐中國之漢口鎮領事官名安多羅求作一書與江漢關以便和衷辦事因允之　因查領事之設所以護商其費卽取之於商商繳費於國國給俸於領事外洋均如是也中國力顧大體不屑爲之不知歐洲各大國常預計來年出入兩欵量出爲入有餘則減民之輸將不足則增外國入口之稅蓋取諸民者仍爲民用上無所避其嫌下無所生其怨也

二十五日晴

緬甸民人攻英總管所駐之城名散獨淮所有官署均被焚毀惟銀庫未失耳　因按亞細亞洲小國曰朝鮮曰琉球曰緬甸曰暹羅曰越南曰廓爾喀曰浩罕曰機窪曰穆哈剌曰茂甫浩罕機窪穆哈剌茂甫四國滅於俄越南滅於法緬甸滅於英琉球滅於日本朝鮮廓爾喀兩國僅存奉天鐵路能成朝鮮當可保廓爾喀終必爲英所滅而已

二十六日晴

金山商人朱廣英衛潤柏來見　俄國整頓愛掃夫海與黑海各口水師修礮臺增添製造各廠俄主幷往克里迷亞與高加索兩處巡閱礮臺　因查俄國每歲入欵約六千萬餘磅除付債息一

千一百萬餘磅外實計五千萬磅乃以二千一百餘萬磅爲兵部之費以二百八十餘萬磅爲海部之費是兵費一項耗入欵之半居國用之大宗可知其尙武而好兵矣

二十七日晴

戌刻赴臘丁文字會陪總統宴座上係總統副總統外部各部大臣各國公使亦有不到者上下議院紳擇而延請約一百人宴設亞靈頓客棧酒食花卉計費美洋一萬餘圓奢靡如斯可見其國之富　十四年十二月北洋咨到海軍旗式提督用五色長方旗諸將用三色長方旗旗之上角各飾以錨形者改繪五爪團龍頭號橫長一丈三尺五寸直寬九尺大船用二號一丈一尺五寸直

寬七尺五寸二等船用三號橫長九尺直寬六尺三等船用四號橫長六尺八寸直寬四尺五寸小火輪大舢板用五號橫長五尺四寸直寬三尺六寸舢板用照外部外部覆已照水師部海軍章程一本旗式圖四張附使館用長方旗商人用斜幅龍旗張任案

二十八日晴酉後雨夜雨

粵人朱廣英衛潤柏來見言自墨西哥來因美國禁制華人日甚一日將來不能安居故至墨西哥查該國寓居之華人能否相安計自正月查各處分寓華人墨人待之甚優以其耐勞而不霸工也聞之甚慰該二商寓客棧當即答拜因查墨西哥與美鄰而富貧迥別開礦墾荒興鐵路其工資亦不如美工黨所不屑爲者

而華人爲之宜其優待之也

二十九日晴

奢士格蘭脫來見託寄信於李傅相　因查美國前總統格蘭脫遊歷至華與傅相至相得　因出使美國其子奢士格蘭脫偕其弟來見晤言之下知其兄已使奧爲二等公使矣　因備酒席欵留之既去貽書請寄傅相

三月初一日晴

浙省勸賑單至　因率各員酌捐助賑幷函致各屬　十四年十二月北洋咨到海軍章程一部內開原奏船制（戰船守船練船運船附提標官弁）官制（附船上差缺）升擢（戰官升擢藝官升擢弁目升擢）事故（丁憂迴避告病終養修墓）考校（招考學生考校官弁）

招考練勇考升水手考升礮目考充各色當差兵匠　**俸餉**　官弁俸銀兵匠錢糧船上差缺新糧各船俸餉總數官弁傷廢俸兵

丁加賞行船公費醫藥費酬應公費郵賞工需雜費　**儀制**　冠服相見禮節國樂軍樂王命旗牌印信　**鈐制軍規簡**

閱武備　船身機器軍械國旗將旗通語旗金鼓　**水師後路各局**　張任案

初二日晴

俄土之役土國所償俄國兵費尚未付淸俄國屢索土國屢延前會約至西十一月謂屆時所收賦稅項下若不能付則當動帑乃今駐土俄公使急索此欵謂若再不付不能再緩必設法取償云

因嘗考土耳其國計每年所入之項以其半交國債之息又以四分之一爲宮中之用其接濟國用者僅四之一耳安有羨餘以交兵費哉

初三日晴

美國西方各省風潮為患兼之大雪物產大損紐約與保司登雪厚七寸　聞俄國商部欲與希臘通商俾印度舍耶地方所產之紅茶得以運往俄國銷售

初四日晴

總統請見兵部水師部因巳初往午正而回　因考美國國例總統兼統領水陸全軍故兵部水師部攜帶武弁照章謁見也　十五年二月總理衙門咨到議覆洪大臣洋務儲才摺一庶吉士果有熟諳洋務者准使臣隨時奏調未便保免散館編檢及正途部員准其調帶一總署章京正途出身人員酌量選派前往襄辦交

涉一限制經費由各出使大臣於所帶員弁自行酌減嗣後使館
准設參贊二員繙譯隨員二三員供事二員武弁醫生各一員一
遊歷人員是否實有制器通算測地知兵之選俟期滿後酌核奏
辦　張任案

初五日晴

英國與美國廠家訂造氣放炸彈之礮能放二百磅炸彈及三千
五百碼遠者今成一尊試驗聞可放五百二十磅炸彈二次且一
及四千八百碼一及四千六百八十碼皆過於原訂之數然尚有
未盡善者則以彈出不準不盡命中亦不盡合拋物綫之理往往
高而又高此爲大弊當設法以免之然後可以交付　因謹按光

緒十年中法啟釁北洋大臣及兩廣總督均向美國定購氣礮乃未成功迄今已閱六年礮雖鑄成尚不適用創物信不易也

初六日 晴中夜雨熱

義大利國家創法成一海防妙器使礮臺礮手可免敵船中人望見放礮又可極準蓋其器通於電氣附於遠鏡又能於海道圖中指示敵船方向另有自行針盤指明敵船若干遠近故能有此妙用礮臺又暗藏不露敵船之礮甚難還擊誠利器也 因查美造氣礮義創礮臺孟子所云矢人惟恐不傷人函人惟恐傷人也韓非子云革堅則兵利城成而衝來膠膠擾擾如蠶之自縛耳

初七日雨

西班牙國水師守備巴辣造一船以電氣行於水底日國家重之賜巴辣以榮銜並賞銀十萬圓云　因查鐵艦非水雷不能破而水雷之制各殊所以用水雷者又各殊水底行船亦用水雷之一法耳但恐未必眞有把握否則鐵艦失其堅矣

初八日晴

英國四輪載客電氣車已在倫敦試用經過各街具見操縱自如云　因已見美國之電氣車矣他車用馬此則用電電車速於馬而無馬蹄之聲聒耳蓋有兩種焉一則於空際設電綫車首以鐵竿上承電綫車自前行一則貯電氣於車中車亦自行大約以貯電氣者爲簡便也

初九日晴
紐約來信英屬卡拿大有華人二名入美境爲關吏所阻華人回卡拿大該地方官索納身稅五十圓方准入境其一已納稅卽令入境其一無銀可納進退維谷矣　因按由卡拿大潛入美境此美國禁工以後華人之故智也華人以爲得計因謂適以激成美之苛禁華人耳
初十日晴
法國以陸軍費用甚大已欠國債法銀一千兆佛郎國用亦較數年前更形支絀蓋管理銀庫事務未得人也　十五年准總理衙門咨到議覆御史趙增榮愼選使臣一片內開查建議出使事博

采衆論上稟
宸謨責任既重遴才宜愼自非志節堅定才學閎通並通知四國之務洞中體要操守廉明者不足以膺是選查光緒元年臣衙門以使才宜儲奏請
飭下中外大臣各舉所知奉
旨允准是年五月間臣衙門曾經奏保堪備出使者數員嗣後南洋大臣及中外大臣均有奏保由軍機處知照臣衙門每屆出使任滿開列名單請
旨簡派自光緒元年以後臣衙門未經續保人員該御史所稱徐承祖以上書言事經總署保舉等語自係傳聞之誤竊惟今之薦

舉人才或習聞其議論或兼採夫虛聲往往有名不副實甚至前後易轍者在所不免此知人之所以難也嗣後仍應責成中外大臣必須眞知灼見實有才品卓著堪勝槃敦之選者方可列諸薦剡臣等如確有所知亦當隨時詳愼選舉以備

采擇如有奉使不能稱職劣跡昭著者應將原保之員一併議處

又原奏稱奏帶隨員尤應愼選其宗族私親與無職民人皆不准帶及經費應防浮冒等語伏查出使絕域事件與內地不同所帶隨員自須該使臣所素習者乃可以收指臂之効是以歷屆皆准由出使大臣自行奏調略仿漢制得自辟僚屬之意以專責成此中具有權宜其偶帶一二親屬遠涉重溟藉資臂助既由出使大

臣量才器使但使不至專徇私情貽誤公事自亦例所不禁頻年屢屬各出使大臣裁節浮費每年度支皆係造册咨報照章核銷尚屬相符原奏應請無庸置議

十一日晴

謁上議院紳有司底拉不來掤律師又至墨獨鹿拖樂登銀行

十五年四月總理衙門函稱蘇里那嚦在南墨洲爲和屬國和使照會以有華人前往該島應立合同應查該島情形卽札古巴張總領事令查又照美外部乞爲保護往查之矣外部復允飭古巴張領事稟派繙譯張樹椿洋員拉烏往查於五月十四日起行又接美外部來函云美駐該島領事查明華民約千人在甘蔗穀寮

爲工者五百人開店者二百人餘自行種植或開礦工主相待尙優華民無苦遂照此函復張任案

十二日晴

近四年之中歐洲六大國水陸兵費共費英金七萬萬九千二百四十萬一千一百二十七磅每年幾需二萬萬磅矣分而計之法國共費英金二萬萬五千四百十萬二千八百四十一磅俄國共費英金一萬萬六千二百七十一萬八千三百八十七磅英國共費英金一萬萬二千三百七十八萬六千六百七十六磅德國共費英金一萬萬二千一百五十一萬九千九百六十九磅奧國共費英金六千七百五十九萬四千二百磅義大利共費英金六千

二百六十七萬九千五十四磅兵費之巨如此殊不易息肩矣

因查支持兵費惟英國綽綽有餘德則僅可俄恃借貸奥義則不免拮据矣顧爾詐我虞已成騎虎之勢俄法致人者也德奥義致於人者也或思或縱則患在目前矣

十三日晴

德國新於阿非利加洲之東開闢新地黑人拒之勝負未決乃聘請黑人酋長助戰

因查越南之役法國多用黑人爲其纛而用命也胡文忠云招募兵勇城市不如鄉村鄉村不如山野蓋以城市之人多巧猾山野之人多樸愚巧猾者善趨避樸愚之人聽命而已以黑人助戰而以知兵者領之卽此意也

十四日晴天氣大暖不能著棉

英公使夫人約見因亥初往見子正而回美國官紳多與於會

十五年六月金山總領事官梁廷贊稟稱據金山華商縣丞職銜黃秉常稟稱竊商聞利防外溢政貴便民自煤油流入中國民間習用幾爲必需之物歲時所耗隱成漏巵且每因失愼延燒民房傷毀物件何可勝計是外洋獨享其利而中國實受其害也商維煤油所以盛行衹因光勝尋常燈燭耳今西人新製電燈光敵煤油復無傷人毀物之弊雖機器電料初須購自外洋三兩年後亦卽自製利源不流於外便益仍及於民商等遠賈殊邦眷懷宗國擬請於廣東開設電燈生理謹集股本銀肆拾萬圓另擬節畧八

欵伏乞詳請欽差大臣咨請兩廣總督部堂云云已照咨張任案

十五日 晴午後陰見雨點仍壽夜雨

西報言曾侯因病出缺　因查外洋好炎涼喜酬應曾侯以文正之裔而出使善與人交宜其能折衝尊俎也嘗見其所創電碼以一碼代數字可謂用心者矣如能永年亦交涉中之傑出者也

十六日 陰辰初見日

奥國報云畢思麻已辭布相德相之位　因謹按功成身退此人事之常也而當時事多艱鄰封伺隙則臣雖欲退而君必留之蓋退僅遂一人之心而留實爲兆民之福也畢相功在德國強敵方張何以聽其辭相位耶

十七日雨

外部長嫁女前已由墨西哥公使出名醵分每使派二十金矣本日下帖請臨又送去湖綢二端紡綢一端熟羅一端連前共百金亦僅爲不豐不殺也

十八日晴

英報云亞洲各礦西人不能盡知然中國日本之多礦產則固人人知之中國泥於風水者論及開礦則羣非之今稍去故見中國果以西法開採煤鐵則足以行銷天下并奪西國市利其各礦徧於國中僅以蒙古地方而言已有一百八十處矣磁石大礦五處美國所有著名之磁石各礦不及其大煤礦亦多八十英里之中

皆是也汽機所用之煤亦與鐵相關而生有一二英里之廣即就
蒙古之礦而開之所獲已不可勝計矣熱河則多銀礦向爲土人
開採所出之銀曾值英洋二百萬圓皆用土法鎔煉者也今有華
人在彼開採已向美國定購機器黑龍江南岸亦有華人在彼開
採金礦彼處產金本多所用機器亦向英德兩國購用試考中日
兩國礦產之數日本之煤有三萬至四萬見方英里然較中國則
渺乎小矣中國有煤層四十萬方英里較歐洲全洲之煤爲多開
採數百年可無煤乏之憂臺灣有一萬方英里之煤煤層極厚計
有英尺百尺足供天下數年之用中國誠地大物博哉

十九日晴

因查開礦之利英俄德法其利至溥此猶曰大國也比利時歐洲小國耳其地里民數不及朝鮮之半而考其入欵歲有銀三千七百萬餘兩出礦之煤歲值銀三千萬餘兩鐵路計六千里以小國而所入如此之多開礦鐵路之利爲之也

二十日晴

美國有因命案行賄於審問官者今定其人之罪監禁三年　因

謹按堯舜之世共驩有黨殛殺有刑道雖有長消類不能盡絕也外國上下嗜利而不至常骫法者則議院報館立法之善也議院通上下之情報館發幽隱之慝而小人之忌憚常存矣華盛頓無盜竊至夜不閉戶則巡捕之力也

二十一日晴
上議院紳宣門訂戌刻會客因偕劉繙譯往見並見其弟又見金山省上議院紳某談及美國前此數十年物力不能如是之充所以速變而盛者以有鐵路也鐵路之盛華人之力居多今美國苛禁華人是忘本也中國地方開闢雖萬年而各礦之蘊而不洩地之富與美同若自圖強富當出美國之上人口雖多但使開礦而商務興卽是用人銷路甚願中國之亟求富強不受他國箝制也因謝之
二十二日雨
紐約來電云有美國人名嘉賓打者致書於日報館云伊在中國

時會見李爵相爵相談及美國新立禁止華工之例太苛屬其囘國登諸日報如美國不將此例刪除將來中國亦必照美國所議禁止華人之例限制美國在中國之人云

二十三日晴

東洋日本國所產紫銅海鮮樟腦中國皆產有與其利者則可不資於日本而日本之進欵大損中國銀錢之漏巵亦減矣　因按日本與中國比鄰不知輔車相依之義而爲同室操戈之謀臺灣琉球其明徵也日本嘗言海鮮一類歐洲各國無過問者而中國銷售至多是得通商之利而不以睦鄰爲心中國若禁其入口或重稅之亦塞漏巵之一端也

二十四日晴小雨

華盛頓街車六百餘乘每乘可坐二十餘人向用雙馬近見有用電氣者比馬爲速茲聞又新造電氣水龍以電氣吸水噴水尤爲靈捷云　因按電氣之用漸推漸廣大抵資其力與光而已力生於氣以火灼水爲有形之氣如輪車輪船機器廠所用者是已乾電濕電爲無形之氣如電綫電車等是已電氣旣可行車自然亦可行船聞已有創之者矣電船如成則兵艦可無須籌添煤之地而風氣又變矣

二十五日晴

俄國聞中國將辦山海關至吉林鐵路又有移民實邊之議卽飭

該國辦東省鐵路大員趕緊竣工並移內地人民開邊以免空虛且禁中國人民入界云　因接俄多霸氣既限制教士矣又限制猶太人又限制德人并驅逐德奧之人其與中國接壤之境每值勘界則必侵入甚至踞其地而驅其人恃其強也

二十六日晴

俄於西比里亞之東練成來福槍兵二營該地即與中國蒙古接壤云　英報載俄國西比里亞地方不生五穀琿春一地所需民食亦須由俄國奧得薩口與日本各口運往然形勢甚佳將來必爲太平洋之大埠俄人以其濱海且距俄國甚遠策應不靈若與英有事恐爲英之水師所封使俄國東西截運不通則中國修怨

於俄索回故地皆俄人所憂也自造鐵路則可無虞且得大益載運則費用可節用兵則策應神速且其取道之審早經遣人分測而定鐵路所經之處有礦產甚豐石油上涌云　因按俄與西比里亞之鐵路前謂便商今謂防英皆飾辭也便商則商務甚微防英則英在歐而不在亞因以爲直垂涎東三省耳從前運軍器出黑海則不以爲軍器軍事祕密固應爾爾然明者必識之

二十七日晴

是日黎明即起先飭武弁二人僕從二人附車於辰初先赴紐約因即偕參贊汪洪霆繙譯李維格隨員饒鳳起於巳刻起行至紐約申初領事沈桓等已率同館諸員在火車公司相待即附渡船

過海至紐約乘馬車至領事館凡一切行李卽由火車公司房經上輪船船名捹司康業計七千二百頓因到領署卽食麪一盤遂乘馬車謁格前總統之夫人格夫人兢兢以中國之富强爲意謂俄人當防非鐵路不可且以紙筆繪圖示因意甚摯又謁郵政局之凡吳客脫並其夫人此公不阿埃黨頗愛華人遂送絲繡巾十二幅茶二箱絹金摺扇二柄詢紐約郵政局每年可得進項四百萬圓計用人二千餘謁咨後囘至領署晚飯本訂四簋乃加四碟其實太多飯後卽上輪船船甚寬敞樓上一間需六百圓因與饒鳳起共之樓下一間五百圓汪洪霆與李維楷共之尚有每人五百圓者因不敢問也武弁僕役四人分居樓下二等艙

二十八日晴

拜發奏由美起程赴日摺　寅正開船開船後因謁船主告以不慣洋餐須派一人赴廚房自行造飯船主允之即飭洋人與廚房說定准令自炊尚爲合意此後汪洪霆等均洋餐因仍飯蔬食而已　因謹按食色性也又云少成若天性然則性之所近少而習之不可變矣因嘗至洋人大餐房嗅其氣則生嘔強食之亦不下咽僅食生果而已或有勸因以學食洋餐者因老矣安能強肎以所不欲納哉

二十九日晴風甚平舟行穩順

同舟有法人數名在越南曾與中國接仗者身受槍傷甚重皆云

中國兵殊敢戰如調度得宜訓練有素未易敵也　因聞歐洲談兵者皆言俄國之兵難敵爲其耐勞也戈登謂中國之民最能耐勞而卒不敵歐洲之兵者一則招募於臨時一則訓練於平日也德意志國且合通國之民而當兵宜其戡法以定霸也夫

三十日　微雨有霧

舟行多暇與船主考究大西洋路程計由紐約而至法國哈華埠約近萬里又言地球自南極至北極經綫計七千八百九十九英里赤道緯綫自東至西計七千九百二十六英里赤道東西周圍二萬四千九百英里水面較陸面計多七二倍陸面分七大洲計亞細亞歐羅巴阿非利加北亞墨利加南亞墨利加澳大利亞北極

與南極陸地水面分五大洋計太平洋印度洋大西洋南冰洋北冰洋地球盡在是矣

出使美日祕崔日記

四月初一日晴

天氣驟寒緣舟行趨北也遙望兩傍數十里時有冰山山有高至百丈者矗立水面或分爲三峯或分爲五峯皆峭直如筍閒有不高者亦嵯岈尖聳大約無土故也

初二日晴

以後天氣甚寒因只夾衣然亦覺畏冷矣　因謹按地球之氣候以離日之遠近爲轉移近日則熱遠日則寒南北冰洋日所不能正照者則海常冰南洋冰融惟冬至後一月北洋冰融惟夏至後一月此行趨北漸近北冰洋故多冰山兩月後可化矣

初三日晴

見冰山三峯峭立水面絕不相連白而無光想雪山也

初四日大雨亦有冰山

舟中英人經商於亞洲者言泰西購運亞洲之絲日本之絲幾及中國之半日本前數年派人至法國學造磁器今其國中已能仿造云　因嘗過美國市肆見中國商人有列肆者所售銅器磁器均目所未見異而詢之則運自東洋者夫東洋之全土抵中國一大省耳其民尚不及中國十之一耳而所興之利已如此中國如振興之其憑藉之基豈可以限量哉

初五日晴

舟中洋人以歌醵衆謂行善舉有捐至一二百圓者因以爲不識洋曲不願聞繙譯李維格謂不便峻拒致譏吝嗇因勉强助二十圓終不至歌處聽歌也

初六日 雨天氣亦寒

舟中多德人有某爵頗謙和談次言中國於京北造鐵路俄人聞之頗有戒心謂鐵路若至中俄交界之處則黑龍江琿春一帶之地利中俄兩國共之矣 因謹按易言王公設險以守其國險之時用大矣列國之世齊得十二秦得百二幷六國者秦也琿春黑龍江爲由海而陸之險地但有鐵路則調兵扼險可以咄嗟而集我之所便敵之所憂也宜俄人之情見於辭也

初七日晴

暹羅素多金礦巫來油之東約在北緯度十度有地名朋得發者尤爲數百年來著名出金之處該處產金甚多英國公司開採祇以周圍叢林瘴氣傷人又距曼谷（暹羅京城名）之東七十五英里名凱平者亦爲著名出金之處今英國新加坡某公司於彼得一地有二百五十見方英里云

初八日小雨仍晴

舟行因大霧不辨海綫至於觸礁險極急退回舟前艙已透一孔矣舟人謂幸本日無大風否則可慮　因見舟行此處水面不平其波紋如沸其水色黃而綠蓋水激石而爲是色也江行至淺處

水亦不平但不如是之沸耳
初九日晴
辰正至哈華埠卽乘火車至巴黎約申刻參贊陳季同已率各員至火車棧相迎並代覓客棧歇定卽僱車赴使館回拜並買火車票次日遂赴陳季同並其夫人之席遂乘車至火車棧陳季同仍偕各員相送上車　是日至巴黎訪問時事知英人於春間去英而赴美國及新金山並英之屬地者有二萬人
初十日晴
午刻至日國界換火車日關因有巴黎日使照會尚不爲難　日國地界火車多穿山而過不下一百處橋亦近百處　因查日與

法比鄰而日人親英而遠法蓋前此拿破侖第一屢次加兵於日

非英撥兵將爲之拒守日幾亡矣

十一日晴

卯正到西班牙參贊楊慕璿已率各員在火車棧照料遂乘車赴

使館使館較華盛頓爲新敞而租價只四之一可見美國用項之

費是日即函致日外部訂謁見之期　聞從人向使館索紙當即

不准令其送還　因於十五年到使署時即有通飭公文到各屬

所至之地不供張不具饌凡火食馬車渡船均因自備冀息事甯

人也

十二日晴

謁外部未見日君故不能謁各部因往養生院遊覽憶去年在橫濱遊博物院見虎一隻頗亘象二隻一大一小豹二隻黑熊三隻甚巨其形如犬大者如驢但不似驢之瘦而軀幹偉然徧體皆黑以至目亦黑爪牙堅利宜虎豹不能敵也此外如更格盧獸形似鼠而大如犬鳥則有鵰鶚之類其大如鵝而爪觜甚利此外尚有元鶴黃鵠之類　巴黎養生院只至一處見熊如橫濱鹿之大者其角長至七八尺又有一種獸昂其頸約高一丈有餘頭形如鹿而無角毛淡黃灰色黑斑如鱗或謂此卽麟也其性慈祥不傷人又有花馬形卽馬而毛色不同毛作灰白色而斑純黑如墨爲橫理如畫之勻白黑相閒自頭至尾一律因謂何不控而駕馭之則

云其性不馴能傷人故無敢御者羊一種白細毛長一二尺披體如蓑毿毿然牛一種毛亦潔白如玉長二三尺披體毿毿然象極大遊者四人共騎之以至各處游覽駝鳥高六七尺以駕小車可坐一二人此外禽獸之不知名者尚多鸚鵡種類甚多毛色不一水畜則海狗大者如小牛小者如犬毛淺而質黑頭無角亦無耳目之上傍有二竅想卽耳也無尾無足前身胸下有物如手掌二卽魚之梭也尾亦有如手掌者二出水則合入水則如魚之尾此畜不必常居水中亦有伏水傍者且有離水甚遠而臥者鳴聲如牛膚革充盈毫不露骨養之須鹹水　馬得力（西班牙都名）養生院與橫濱巴黎略同惟獅子白熊二者爲前所未有獅子卽爾雅釋獸

中之狻猊也其形與中國所畫大異首如虎而大於虎面稍長於虎毛則淡黃色而無文雄者前半身有長毛如馬鬣項以下亦然至背脊及腹以後則但淺毛矣尾如牛尾尾之末有黑毛如杓叉如筆之乾而毛散者牝者則身前半亦無長毛形質亦稍小大者如小牛小者亦大於最大之犬而如小驢其爪亦巨於熊虎目光炯炯然外國以爲獸之王百獸不能敵也白熊如常熊毛之潔白如玉

此地民情與美國大異美國金山地方埃利士人與華人水火華盛頓則白人尙相安黑人亦不滿於華人紐約則華人竟不能徒步出門出門卽必有環而噪者甚至拋甎故紐約領事署人員皆深居簡出西班牙華人出門其遠遠望之者相與告語以

爲此中國人也日國家巡捕途遇華官必摘帽爲禮華官以手加
額以答之謁外部則署外兵役擎槍以俟誠彬彬乎其有禮矣
與外部照定遞
國書之期
十三日晴
日國接引大臣來見言覲見大君后君主禮節並言將以宫車來
迎因詢擬用宫車幾輛因查從前各使一二三輛不等遂酌中用
二輛
十四日陰大雨
收到美署第一號信内上海第十六號　英國印度總督令緬甸

英國商會遣人查勘緬甸至雲南通商道路擬於屯尼之東築一鐵路使由緬甸達於中國俾百貨流通云 因謹按雲南廣西兩省地處邊鄙風氣未開今英人由緬甸以通雲南法人由蒙自以通廣西交涉之事又益煩擾矣

十五日晴

聞美國米西西比河決口 因嘗於美官紳處訪查米西西比河情形知其挾泥與黃河同而來源實不如黃河之遠從前修河之費至三千餘萬仍不能無事也近則無歲不決決則四民失所惟美國人煙不似中國之稠密民數之罹患者微滅耳

十六日晴

聞美國駐韓使臣與朝鮮君商租巨文島　因查美國立國向不貪他國之土地惟今日似又不然由前此而論則租巨文島美必不爲由現在而論則又難決其必無也

十七日晴

查西班牙國勢遠遜美法以前如查理第五富強經營渺不可再聞鐵路公司電氣煤氣街車各公司本國爲之則無利而虧本遂讓與英法二國而英法又能得利其故何哉則積習使然認眞與不認眞之別也

十八日陰晴天氣轉暖

日署各員浣衣包與浣衣之人每月每人日銀三圓因以爲費而

繙譯李維格云紐約每人每月尙需美銀五圓也　因按此中國五口之家衣食之費僅供一人洗衣外洋用項固費諸人亦不免隨波逐流耳蓋外洋浣衣每禮拜則浣一次中華向不服外洋漂白之衣無須頻浣也於此見無識力者不能振拔流俗矣　本日係日國出會之期以耶穌各神之像由教士舁行巡歷國家派馬步軍護衛約五千名皆軍裝肩洋槍督隊官只帶刀最後四十人則負戟此外尙有奏樂之兵五隊教士約二百人女尼約一百人自酉初由街道排列而過至戌方畢日國大君后暨君主公主君姊均駕臨在某衙署樓上觀覽最後之寶座經過大君后暨各衆自樓上散花而下　因於戌正步行而歸使館天色久曛矣

十九日晴

日內因未見君后不能謁客暇中飭繙譯與洋員當面訪詢日國近日情勢因查日國百年以前其君查理第五創霸歐洲幾成混一之勢英法各國受其控制無敢抗者亞墨利加之一洲亦該國先到乃數十年後國勢漸衰墨洲之地既爲和蘭法英所奪歐洲之號令不行祕魯亦自立今所存藩國惟小呂宋古巴二處而已據洋員科敦言日國疆宇東界地中海西界大西洋及葡萄牙北界法國之畢士基海灣及比里紐斯大山其地濱近地中海者計七百一十二里近大西洋者計六百零五里共計一千三百十七里從前國內分爲十四省現改爲四十九省地形計方十九萬六

千一百七十三里居民十八兆內地皆係平原四面有山環之河道六礦則銅鐵與鉛地土膏腴植物宜葡萄橄欖檸檬橙橘杏棗石榴穀宜粟麥麻西南省出車尼酒入口貨物則羊皮牛皮棉花木料機器鐵路料質煤炭麪粉酒魚糖等此種貨物凡由英法德義等國入口者納稅視他國爲輕因和約中有減稅之章故也出口貨物則銅鐵礦原質及銅酒麥鉛橄欖油鹽水銀水果等均不徵出口稅兵制則選兵於民始以八年爲限在本國四年調外亦四年富者出養兵費三百圓可以指免由兵部另招人替代近國家以八年爲期太久改爲當馬兵者三年步兵者二年期滿准其自主謀生惟有軍務仍當聽調平時養兵十二萬除給衣食外每

名每日給十五山丁（合中國銀二分有奇）如有軍務可增至四十八萬大礮五百五十尊步兵以八百名爲一旗馬兵以四百名爲一隊將軍分四等領兵之數不齊頭等將軍六員每年俸各六千圓二等將軍五十二員每年俸各二千二百五十圓三等將軍七十員每年俸各一千五百圓四等將軍一百五十員每年俸各一千圓總兵俸八百圓副將六百圓都司五百五十圓水師二萬五千名大小兵船一百二十六艘內鐵甲九艘均由英法等國製造近日在北方比羅巴地方開設船廠但能造船殼而機器仍購諸外邦國中電報直通一萬一千里概歸官辦火車直通六千里慢車每點鐘行二十里快車則二十五里因所穿山洞最多路非矢直故不能

速國債二百三十七兆九十二萬八千磅計息四釐一千八百八十七年暨一千八百八十八年此二年中戶部進項共計一百六十九兆九十萬零四千一百九十四圓四角出欵共計一百七十兆五十七萬七千一百三十四圓入不敷出尙短六十七萬二千九百三十圓六角議自一千八百八十九年起加增稅課以期彌補其稅則有人稅地稅生意牌稅居民無論何人俱按月入多寡以準輸納之稅地稅則按地輸納生意牌稅按等級輸納至於舟車狗馬及入城火食均須納稅觀劇者上等座亦抽座費十之一爲窮人院經費曩時藩屬甚多今只存小呂宋古巴二島古巴地方四萬九千四百八十方里居民二百二十九萬兵團二十五萬

小呂宋計十一萬四千三百六十方里居民五百七十萬國中設立上下議院外藩海吏戶兵刑工八部農桑則歸工部各部首領每年俸六千圓副者三千圓總辦二千圓都城在馬得力地勢平衍河水環之地形高出海面二百五十丈寒暖不時三月尚見雨雪其高山五月雪尚未消都城居民四十五萬人

二十日晴

日國生子女無論何族其名皆一定不易即以所生之日定名如每年三百六十六日則三百六十六名自正月一日起如正月一日生子生女應名以某字二日又係某字凡同日生者通國皆同名不計其年之不同也故呼其名即知其所生之日惟名多雷同

耳日署看館人之女名茉莉律師之女亦命名茉莉一五齡一六齡年不相若因訝茉莉之名何多也繙譯爲因言其生辰相同耳因詳詢其故而知之　接參贊彭光譽信知金山苛待華人責以移徙發覆信二十二號

二十一日晴

接參贊陳季同總戎信領事沈栢信　聞日國近欲增廣水師已派水師提督乘元斯德拉鐵甲船帶領兵船五艘駛至中國南洋各處以保商船而示聲威　因查日國民數僅十六兆地輿彷彿日本入欵計銀一萬二千餘萬兩而債息已耗費五千萬實七千餘萬兩耳水師視中國稍強然越國鄙遠斷不能勝中國過此以

往中國水師當強於彼矣將何以示聲威乎外洋多恫喝之言知其虛實亦安所售其技哉

二十二日晴

接日國外部文訂二十四日遞

國書　日國入欵一百六十餘兆仍不敷出茲將其入欵出欵分項譯出入項一人稅房產地畝稅共五千四百十二萬五千四百圓一貨稅士單費共六千零四十一萬三千六百圓一電報火車共二千二百五十八萬四千二百五十圓一官產如礦務等類共六百六十七萬六千五百四十五圓一罰欵及捐免當兵共二百九十五萬八千圓以上共一萬四千六百七十五萬七千七百九十五

圓按中國銀約計一萬二千七百六十七萬九千二百餘兩出項一國君及宗室俸共一百九十萬圓一上下議院人員俸費共三十五萬圓一國債償息共五千七百二十二萬八千五百圓一官產費用共四十萬圓一休致人員恩俸善舉經費共一千零八十萬圓一首相署俸費共二十七萬六千圓一外部署俸費出使人員共一百零二萬八千四百七十圓一刑部俸費共一千一百四十二萬四千圓一兵部俸費兵丁餉乾共二千八百五十三萬四千八百圓一海部俸費兵餉共七百四十四萬五千圓一吏部俸費共五百八十九萬九千六百圓一農商工部俸費共一千五百五十六萬七千四百圓一戶部俸費共九百五十三萬九千九百

圓一亞非利加洲費又難多坡善後經費共一十五萬圓一藩部經費未載竘另由屬島供給以上共一萬五千零五十四萬三千六百七十圓按中國銀約計一萬三千零九十七萬三千兩此係本年力求撙節所定之數尚不敷約四百萬圓計中國銀三百餘萬兩

二十三日晴

接引大臣來訂明日未初帶領宮車來陪赴日廷　因查歐墨各洲之處邦交也公事毫無出入而儀文則從優此交涉機緘也

二十四日晴

前出使大臣鄭藻　至日遞國書只用宮車一輛十三日接引大

臣來館訂用宮車之數因告以只用一輛而隨員中有欲同行者再三商酌訂用二輛已成議矣昨日接引大臣又來定一切禮節並提及宮車因云業有成言今日繙譯李維格忽云接引大臣願以三輛來迎因謂昨日並未提及因亦未聞李維格則謂接引大臣言四人一車恐不雅觀因謂前此訂定宮車二輛時卽已言定四人一車何至今日忽不雅觀且昨日並未聞有此言參贊楊慕璿亦未聞也因細揣此中情形自是隨員中有不願四人一車者當其興豪欲逐隊時則以得逐隊爲幸及至許其同行又以不能獨佔一車爲歉故欲增一車自向接引大臣商之乃於因前不便洩漏眞情故詭稱出自接引大臣之意因因不諳外國語言故敢

如此此使臣之所以難也未初因率各員衣冠以待護衛大臣乘馬率騎先至因延入大廳接引大臣繼至亦延入坐少頃接引大臣請上車計宮車三輛每輛二馬車後立二兵車前立二御者皆戎裝接引大臣令參贊隨員洋員先上前二車因與接引大臣繙譯李維格上最後一車護衛大臣乘馬在車之左接引大臣爲因言此車乃大君后自用之車其他二車則宮中公用者此護衛大臣卽大君后御前護衛者因謝之閱半時許至朝門各員皆從傍門下車因則入中門接引大臣又言此惟遞國書之使臣所由他人均不能由此遂下車入門數十步卽上階又由右而旋轉上階約三轉抵便殿殿三面皆懸油畫東邊油畫

二幢繪男女像各一想即前王及今大君后之像接引大臣入內約片時即出延入一門因先行各員在後甫入門即見大君后著公服係白色外以青紗之織成花者罩之南面端坐御案之外東偏不在御案之中後立二命婦西偏則護衛人員因捧

國書入門一鞠躬行十步再鞠躬行至大君后前三鞠躬隨傳我

國

皇太后

皇帝命問大君后好又問大君主好大君主未御殿又冒使臣崔國因問大君后好大君主好言次大君后似微笑蓋以華語不能會也語畢洋員即趨進代以英語達達畢因乃捧

國書遞大君后大君后立而親受交外部大臣大君后乃離座近
前與繙譯李維格言詢我
皇太后起居
皇帝起居又詢
皇太后攝政計若干年因答以先後共二十六年又詢日國風景
如何因答云地方富庶又詢在此盤桓能幾何時答以不能甚久
美都尚有應辦之事又詢何時行期答云當不甚遠大君后點首
退回後宮因亦鞠躬至宮門（即御座之西偏）大君后回身再點首因再鞠
躬至宮門內大君后又立西偏向外點首（立東偏則內與外隔）因三鞠躬大
君后遂入接引大臣導因下殿命婦二人亦下殿至外殿命婦與

因握手爲禮因詢之接引大臣始知一爲公爵之夫人（年五十餘）一爲侯爵之夫人（年三十餘）二命婦及隨員均自旁門登車因仍由中門回館時已申初館中已備酒食果品欵待兩大臣並護衛兵弁宫車御者分爲二席食時兵弁奏樂約一時許兩大臣以急須覆命告辭因送至門內遂另僱車謁外部首相並謝接引大臣護衛大臣

是日宫中花園公家花園各衙門花園均送花均須賞多者六圓少亦四圓宫車賞六十圓賞犒逾百金矣因瞻大君后容止端莊言語穩重而和藹自是有德之君今年三旬前王歿已五年閨其峻節爲一國所欽仰殊可敬也查大君后係奥國公主宫中每年經費八兆必思打合日銀一百六十萬圓合中國銀一百四十

萬兩所有一切侍從伺候人等車馬火食均在其中可謂儉德

二十五日晴

接金山領事左庚信知美金山地方官出票一百二十五張已拘禁華人二十餘人亟須囘美設法辦理　因謹接美國地方虐華人以娼工黨華人居美誠徧地荆棘矣難矣哉

二十六日晴是夜大風

向例使者謁見君主後即具柬請頭等公使定期接見茲義奧德法四國頭等公使訂於本日未初至申正接見叉外部訂申正接見當於未初出門謁見頭等公使並二等公使及日國各部至外部訂小呂宋領事准照辦駁至日昃該外部一味推卸其不顧我

國設立之意如見肺肝矣
二十七日晴
接古巴二十三號信　美使館三號十七號包封　謁教皇公使
俄美各國公使上下議院又見君姊此地之車自半時至兩時均
銀六圓逾兩時再加可謂費矣
二十八日晴
接彭光譽轉來總署電爲巨文島事屬即回美爲啓行計是夜不
成寐　日報云近以美國與英國屬地皆禁止華人前往而華人
之往小呂宋各島者頓增三倍華人工作甚勤土人利爲所分華
人之利即土人之害華人既來土人即無以自容其來也如蜂屯

蟻陣有加無已不將反客爲主總持工商各藝也乎若各項貿易與各類工作華人皆有其分則土人生計安在而又不能與之爭者則以其人衆而勢大工勤而利厚也各島華人至多者莫如小呂宋且恃與中國一葦可杭往來便捷服食器用皆由中國供之小呂宋儼一中華世界屋宇皆華式店肆皆華歘所售皆華物店夥皆華人以及一切鞋匠鐵工水夫庖人染人修容之匠向係土人所爲者今悉華人爲之土人自此幾無所得食矣

二十九日晴

勤儉二字非有定識不知其當行非有定力亦不能必行也因行之五十年除中間遭兵燹時不可以常理論外其餘皆以制節謹

度不入窘境現在之豐衣足食晚境轉亨者未始非天之報我也吝有不以勤儉爲是者反以因之勤爲好事以因之儉爲吝嗇因從容答之曰子以因之勤爲好事其實子亦未嘗不勤也因之勤在黎明即起子之勤亦半夜不眠一則勤於作事一則勤於聚談其勞神疲精則一也其不能挽回光陰亦同也因閱世六十年未敢以有用之錙銖爲無用之損耗自奉儉矣然在京都則施粥施醫藥宗族親戚之貧乏者因計年津貼焉四代之祖未安塟者因獨力任之焉十世之祠宇典質百十年而坍塌者因贖歸而修之焉家廟義倉義學之立者因亦有捐助焉節衣嗇食所餘者用之於此是自奉雖儉而自奉之外殊不能儉也吾子鮮衣美食養尊

處優一身而外則不費毫釐焉是自奉雖不儉自奉之外固無所不儉也合而計之比而觀之子之不儉者少於因而儉者尚多於因也又何譏焉客嘿然而退嘻處今日而言勤儉非信道之篤鮮有不爲浮議所搖者遂筆之以自省

五月初一日 大吉晴

聞日國上議院首領和徵而阿人甚厚德辦事持正遂訂於本日午初相見至時因往謁見蓋年已七旬餘矣道器盎然言次因及俄人現造鐵路將至中國之琿春黑龍江邊界將來必爲中國患中國非造鐵路與之相接邊防斷不能固應告總理衙門及早爲之因答以六年以前已奏我

大皇帝矣今已興辦但道遠費鉅不易成耳查之洋員知此君前任古巴總督一爲首相再爲兵部首領現爲大將軍日國上下之所欽重者其子又爲總督矣其人敦篤可因人而信其言也　美國代辦伯勞麻來見豁達之至　比國公使美路士布路來囘謁

初二日晴

因來時上下八人均係頭等車欲僕役之照料行裝也乃中途換車零件仍由棧役取攜至費賞銀甚鉅到日時所有一切零件該僕等竟忘攜上馬車但知穩坐馬車赴署非因親見幾將零件盡遺矣此次囘巴黎故寫頭等車票只四人二等四人

初三日晴

回謁駐華西班牙公使比國駐日公使赴外部辭行　葡萄牙國新將各項稅則加每百之六　因查葡萄牙地方民數均不敵中國百之一自明之末年租澳門之地以通商中國無知其國之形勢者遂稱爲大西洋國殊可笑也其入欵每年約銀二千萬兩其債息每年需銀一千餘萬兩所以供國用者不滿銀千萬兩蓋其國小而又貧矣其武備不齒於歐洲貧弱如此尚以大自居蓋亦恫喝一派耳

初四日　晴戌刻大風捲地繼之以雨

接北洋電言總署爲小呂宋設領事索賠濫征華人各稅詰禁華人醫藥之事　拜發行抵日國并呈遞

國書摺總署咨文總辦信文報局照會北洋信　發巴黎信　復北洋電一面照會日外部

初五日陰酉以後大風戌初風軟而小雨遽止中夜又雨

洋員科敦布訂設席辭之　此間風氣與華盛頓異知使者遞國書送花絡繹今日尚有送者一律給賞

初六日小雨

華盛頓及馬得力道路雖雨而不泥濘由其溝澮之通利而修治之善也　洋員科敦請觀鬥牛因以其事太忍卻之不往其餘各員均往　接法參贊陳季同信云法國以歐洲現有痧氣由日斯巴尼亞而至巴黎故新定章程凡由日國赴巴黎者所帶行李須

由關役用藥薰之將來到法界時不免留滯云云已屬繙譯李維格詳查仔細如有留滯則須提早一日啟行以湊船期

初七日晴

接華盛頓信知總署已撥經費　德國宰相畢思麻致仕以來人皆思之欲爲立去思閣於京師已集英銀二十五萬餘磅　因謹擬德相畢思麻戡法定霸功在社稷名滿寰區功成身退有古大臣風焉民心不忘爲立去思碑德之風氣猶近古也

初八日晴

飭武弁二人跟役二名押行李先行防薰行李躭延時刻也　猶太人之寄居俄國者多黨於俄國亂黨俄廷擬以重典治之　因

查一千八百年前耶穌遊歷說教至猶太而被戕猶太國滅奉猶太教者遂散而之四方今又爲俄所不容是猶鼠入牛角漸自窘矣

初九日晴

是日因僕役先行未能造飯參贊楊慕璿爲備飯辰初啟行赴火車棧楊慕璿率各員相送洋員科敦爲照料一切甚爲周到辰正開車

初十日晴天氣甚熱是夜雨

至法界醫生驗火車諸人甚苛因等有法公使函不致爲難然繙譯衣箱亦至開視如有不潔衣服則立取出不准帶入法境以防

傳染

十一日晴

卯初至巴黎即僱馬車謁參贊陳季同武弁等先到一日已入客棧距參贊署甚近陳季同已將火車票及船票訂定並爲具席相邀因甚感之前次過時會送東洋信封四盒白銅漱盂一副此次再送人參一兩六錢鹿茸一架絲巾十二幅是夜子刻乘火車赴哈華埠 法國報載三月二十七日法國有大員二人名馬川耳暨美川耳均被官府拿辦聞其欲率衆謀爲不軌也 駐法隨員潘承烈病延洋員治之病益增重已三月矣因到巴黎潘承烈聞因知醫延診之乃溼滯也爲立一方利溼導滯令服十劑後改服

丸藥可痊

十二日晴

卯初到輪船公司棧即先上船繙譯照料行李卯刻展輪遽止俟至午初再開此船名蠟薄立端計七千二百頓其式與辯司康業相似因仍下橃船頂之艙汪洪霆饒鳳起李維格以天氣漸熱人氣薰蒸遂各佔一房頗爲安適是日風平浪靜

十三日 晴巳後雨午後風漸大

汪洪霆狼狽不堪嘔吐呻吟饒鳳起亦嘔李維格不能食因尚可支持眠食如常 德國太后現編前王實錄德主與二三元老亦相助爲理以分太后之勞 因居美半年見美國女孩皆挾書入

學塾詢之官紳則美國女子少時無不讀書者歐洲讀書以英德法之國爲盛惟女子少時讀書故晚年能著書美已故總統格蘭脫之夫人亦以著書自娛此外洋風氣也

十四日雨午後雨止風轉小

饒鳳起李維格二人眠食如常汪洪霆尙呻吟　英國水師提督雪芒致書於其海部曰英國水師之力較之一千七百九十三年一千八百十五年之間極形其弱若逢戰事必有危機蓋不知以屯煤足食爲先也商務盛於昔而船隻乃少於前前時有船一千六十一艘者今僅有五百十一艘商務與水師相爲表裏商務大而船隻少非所以重商也尙及早圖之云云　因查英之水師天

下莫強而該提督猶以爲尚不足恃也者此其所以強也晉主以十萬橫磨劍傲契丹而晉遂亡此前鑒也

十五日晴

風平浪靜船中醫生仍須驗武弁僕役等　舟中英人言俄國兵力之在亞細亞洲者共有兵十三萬五千七百六十名礮一百八十六尊若裏海以東若吐耳啟斯坦若奧母司克若歐庫資克若撥立阿茂皆其駐兵之處也詳細言之有步兵六萬三百二十名馬兵一萬一千六百四十六名礮兵六千六百八名工程兵一千三百五十二名步兵留後二萬八千六百二十一名馬兵留後九千三百七十八名礮兵留後二百七十一名鐵路兵二千一百二

十四名各處土兵有步兵一萬四千二百九十七名礮兵一千三百四十五名其輕礮兵有短聯珠槍與長刀其刀較長於英國戰守各礮兵所用之刀極似英國馬兵所用之長刀兵袴多綠色上衣則各旗之兵有各色之衣　因謹按地球各國陸兵以俄爲至多亦以俄爲至強其在亞細亞洲實爲不必設備之處而兵之多已如此其用心殊叵測也

十六日晴

風平水面但作皺紋船行至穩殊可樂也中夜微有風起　越南東埔寨土王之弟名西華才者不服法國率衆肆出騷擾爲法人患者數年於茲矣一日忽約歸誠法人以爲從此可無事矣既而

逸去　因　謹按越南非無人才惜其風氣未開向不講求武備也
梁滅而梁之後裔不服陳隋若西華才者亦人傑也

十七日晨起有小雨

西南風舟微側巳刻晴而霧起午後更重風止交申後斜陽西照而霧不開舟行則吹氣筒凡舟中鐵索布篷門窗濡染如沐滴瀝不止一如夏暑園亭四五更時艮以海氣上蒸故也

十八日晴

以前五六日晨起衣服皆發潮溼捫之黏手夜臥則被亦覺溼至於蒸潤徧身初以爲衣被之久未浣故也今日晨起則衣不覺潤矣想時值霉雨之候故百物囘潮天道盈虛無往不復潮氣發而

必收而出霉之日亦近矣　是日海水如掌之平幾如鏡面不過
畧作簟紋舟行平穩海程不易得也未後小雨卽起南風交申雨
漸大風亦漸大船首北面挂帆一片乘風而行船遂向北而側以
致席上鐘碟均不能穩天氣驟熱
十九日晨起雨止大霧風亦止
辰後水平如鏡舟所過處時見碎苔浮起其色黄其形如鹿角菜
又有小物浮於水上其長二三寸其形如蛤蜊其質如玻璃其薄
如蟬翼去年舟過東洋曾見之徧覆水面約數十里不絕今所見
甚稀閒有一二而已　本日船行尤穩可援筆作眞書矣
二十日晴

近紐約百里外舟行即不敢速望見紐約尤爲審慎直至午刻方到繙譯陸永泉偕巡捕來已代寫申正火車票遂至領事署略坐申初用飯飯後即乘馬車至火車廠約子刻到華盛頓

二十一日晴天熱單衣汗出

美國赫來索新造出海水雷船每半時行二十二海里美廷現又加價令其再求迅速　因查每半時行二十海里則每一時行一百三十餘中里已見其速又再求速此精益求精也水雷之船以能及敵船而不爲敵船所及爲宜故欲速也

二十二日晴

駐法隨員潘承烈來信云服因藥病漸痊求寄丸藥遂寄和中丸

四兩與之 因謹按泰西醫家多霸道以治外科諸證尚可若內傷諸病斷不能也潘承烈係溼滯而洋醫令其日服牛乳牛肉鷄汁其用藥一味蠻補至於胸膈脹滿舌胎厚分許其色如醬而尚不知消導非因診視命不保矣洋醫漸行於中國信者崇之而好高者闢之均失平也外科刲割之法一定不易之證外洋既得師傳又已經驗中醫所不及也若六氣交感內傷紛紜錯雜之病其間表裏虛實洋醫實不能辨無法奏功此則爲持平之論耳

二十三日 晴北風

西報載中國今年春季十九關共收稅銀三百九十餘萬兩 因

謹按中國入口之稅太輕故每年不上銀二千萬兩夫稅則者國

之內政有自主之權歐墨各國增減從宜未聞行之數十年而不變者也此而不變洋貨之入口者多奪土產之利則小民失業輕入口之稅則經費不敷但取他國所收中國土產入口之稅詳細比較則得失瞭然矣

二十四日 晴天轉涼可著單衣

日斯巴尼亞國都司披爾曾造水底潛行之船一艘卽以其人名之試行數次悉中人意今日政府議造同式較大者數艘以能容水手二十人至五十人爲率云　因按古書載宛委螺舟潛行水底此不足信者也水有阻力安能前行且無空氣不半日而人皆斃矣大抵潛行之船平時亦行於水面其攻敵也則沈下數十丈

越一二時亦必浮起蓋空氣吸盡則人不能呼吸此理之可信者也

二十五日　晴亦涼

日本東京官吏議籌一欵得英金一百二十五萬磅設法使民間得飲淸水惟興此大工不能不假手於西人然假手西人又非日人所願日人又不能自爲未必言之可行也　因至美國金山及華盛頓寓巴黎及馬得力其地皆不見水而隨取卽有蓋通外河之水於水管如取如攜事至便也日本事事師西人何以一水之利而至今尙未取法哉

二十六日　晴天轉熱可單衣

拜發奏回美情形摺　西報稱俄人現建西比利亞鐵路擬穿過西國接至亞細亞一洲其行也皆由腹地再行環轉至俄京其用心至深云　因查鐵路所經必擇人煙稠密之地所以爲載人載貨計也惟自俄人爲之則滋人疑以其以蠶食爲事故耳

二十七日晴天更熱

英國議院議員議於阿爾蘭造鐵路一事預計所費在英金八九十萬之間已衆議僉同將不日舉行云　因查英之本國爲三島阿爾蘭爲三島之一精華萃於倫敦都會向阿爾蘭多農夫興造鐵路則土產之出運成本輕矣

二十八日晴

義大利於西歷一千八百七十六年與一千八百七十八年有鐵艦二下水一曰杜意留一曰旦大羅各重一萬二千噸鐵甲厚五百五十密理邁當皆每半時辰行十五海里一千八百八十年又成一船曰意大利重一萬三千九百噸行十八海里一千八百八十三年利派杜船成噸數速率同於上今更造鐵甲船二艘各重一萬三千二百噸每半時辰皆行十八海里至洒第那船則重一萬三千二百五十噸可行十八海里半其中有康邪機器二副其馬力有二萬二千五百匹自有船以來未有若是之機之力大者

因查義國頻年入不敷出而購造鐵艦仍不敢緩亦騎虎難下之勢也

二十九日晴
使館火食向來膠轕近日廚房以天熱菜費索增價值因增十金衆有不願增者將另爨矣　因查食用之費當以美國爲最蔬菜之價有數百倍於中國者魚肉之類有十倍於中國者卽極賤者亦三四倍泥沙金銀至斯極矣
三十日晴
李維格來　律師來　義國水師各兵艦在孛拉夏海口會操時俱用無煙火藥作轟擊敵國礮臺狀約兩刻時各兵艦所泊之處絲毫不動船內又不覺震誠軍中之利藥英廷擬效用云　因查義國入欵約近三萬萬而交國債之息已耗其半所供經費者僅

銀一萬萬餘兩耳乃其於海部一項每年需銀四千萬兩其強僅遜於英法亦可以稱雄矣惜其國庫已空難爲繼也

六月初一日晴

謁律師又至房東宅及墨獨祿銀行　德國去年已有水雷船九十艘今年可增至一百六十五艘其船大半造於司坦丁廠其中有十五艘各重七十五頓其餘大小有差較法國水雷船重二十二頓以外若有戰事可出大海云　因謹按英懃遠略故多置鐵艦德求自保故多置水雷其水師雖不及法然以攻則不足以守則有餘此德人之老算也

初二日晴

美議院議以鈔票五十五兆付戶部開銷公項又議加稅時論以爲擾民　因謹按商鞅廢井田而時論譏之王莽復井田而時論又譏之近日本改從西法而不願者甚多民固難與慮始也美加入口稅以保本國土產之利加煙酒稅以節上下糜費之財似未可厚非也

初三日　晴天氣轉涼可衣二層

德國近來爭鬭阿非利加洲之東土得而復失德人深怨英將施旦來暗與酋長衣明合謀令百姓揭竿起事奪回哪恩柴江北岸之地德人又以爲莫若與英結盟限以疆界嗣後彼此互相保護使他國不能侵越又禁他人前來襲取乃爲上策　因查施旦來

居阿已十餘年久與阿人無猜矣英人用以闢阿洲較德國之鳩居鵲巢固已操勝算也德人受其播弄而不與爲雠且欲結好此亦識時務者

初四日晴

日本新報謂今年日本量入爲出少日洋四百五十萬圓議撙節各項費用以補之其地稅與一切賦稅亦議加重以補其闕所有補助耕斂之費有日洋一百二十萬圓以國家度支不足而罷所幸者東京鐵路造成其進欵當有日洋一百萬圓云　因謹按日本之地抵中國二十分之一其民抵中國十分之一而入欵至銀四千餘萬圓亦可謂善經營矣然其國債已至十餘萬萬將來必

踏墨西哥葡萄牙之覆轍焉
初五日晴
下議院外交處議紳好德來見言英人已據阿洲之洒含亞地方葡人聞之大恐以爲其地素爲葡有今爲英人所據未知葡國外部如何處置卽洒含亞江英人亦欲爲各國商人公用前此英船過江葡人不許其懸英國國旗者英人必欲懸旗而過云　因查英恃水師之力佔據島地各國無不憚之過此以往弱國之屬地罕有能自存者亦可慨也
初六日晴
接南洋電　謁議紳宣門不遇　英國所製之無煙火藥名爲敦

大含駁者其形若硬象皮而性亦同之入水不漏故藏於水內能不失炸力若手握少許然以火燄能徐徐焚燒而手不傷迨得礮力而炸則其力較尋常火藥力大無比　因查硫磺出於煤故其煙重火藥以硫磺雜硝爲之自然有煙但以樟腦代磺則無煙矣英人欲祕其法以待重價未必能如願以償也

初七日　晴天氣微熱亦可衣二層中夜可蓋薄棉被

訂謁下議院紳　美國金山規矩會牧師花勒當環游地球一周考察教務游畢而返述其所見陳於會中曰美國違約禁止華人至美一事爲無識者所爲無禮之尤凡我美國人民當同深痛惡羞對中國者也然則公道在人心美國非無淸議也

初八日小雨
接南洋大臣曾國　電屬查云者司德槍彈價値並合用否當卽復電　俄國久欲令其內地農人遷居於黑龍江今遷往者已有二千二百四十人祗以由奧得薩至琿春路程艱險船中供應惡劣病斃者數十人卽已至琿春者幼孩亦多病殤俄人不安於其居云　因謹按漢武帝徙民以實邊趙充國屯田於塞外均爲用兵計也近年英國謫罪犯於新金山而澳大利亞入版圖法國駐兵民於西貢而越南不世祀俄人徙民琿春其心從可見矣
初九日雨
謁哈司乞司公司觀礮樣並商購槍彈以南洋來電也該公司經

手人即在而立客士銀行隔壁查云者斯德廠所造之槍爲步軍所用者由後膛入六錠可以次第而發槍首有尖刀可以近刺欲驗其彈力所及之遠近與中靶之準否則嘗於廠中空闊之地試之

初十日晴

初三日倫敦來電云英人在美國祕林海中捕魚曾被法人扣船及棧魚之兩房該漁人曾於五月訴美政府美仍不准英船捕魚現英廷已照會美政府云若美國縱容他人擄英船隻扣留棧貨不顧盟約英國不能不問如不即給還船棧不照約章保衛英人英國惟有用勢以自保護且將拘執者治罪云云　因查萬國公

法凡海邊之國僅能管海之沿邊者十里其外作爲公用美國以祕林係美地而欲專全海之利施之他國或可以行英國斷不受也從此多事矣

十一日晴

金山地方官拘執華人二十六名逼令遷徙　俄國高加索兵扱營而南以近阿彌尼亞之境分紮於交界各處其兵分有二大軍軍各有步兵三小軍哈薩克兵三小軍其二大軍一在高加索之南以剔夫力斯爲營務處一在高加索之北分紮於三處今高加索山之南合哈薩克兵而計之共有兵七萬其南與亞細亞洲土耳其接壤哈薩克輕騎善戰素著勇名俄於西南與德奧二國之

交既有大軍駐紮今於其南又徧布重兵非防土耳其也　因按兵將須令習勞久逸則懈弛無用調之使動所以令習勞也特俄國軍額本多每一調動則駭鄰國見聞耳

十二日晴

謁下議院紳宣門聞華人之至英國屬地卡拿大者須按名納身稅銀五十圓否則被獲後監禁或驅逐回華然重稅如此華人仍絡繹而至者蓋由此而入美國也　因聞光緒十四年美國苛禁華人後華人均由卡拿大墨西哥潛越入境自以爲捷徑也及此事未久而美國上下皆知之蓋由工黨昌言而播散於部員議院也過此以往美必設法以防之矣

十三日晴

英國漁人在美國祕林海口捕魚美人禁制之已經英國與美辦駁美人未允近英廷有文至美如必不允英人捕魚與之爲難當派兵艦前赴該處駐守以爲保護　探悉德兵艦華爾甫之管帶官由滬鼓輪駛往俄羅斯屬之西比利亞察探所造鐵路究有若干長若干里以及接至何處暨俄人在該國如何舉動逐一細查電稟政府核辦云　因查俄造西比利亞鐵路於歐亞兩洲軍務商務均有關係然俄之於德處處毗連軍務往還初不專恃此鐵路也其關係至重者實中國耳德人留心偵查亦衣袽之意也

十四日晴

字林報云聞湖廣總督張之　前向外洋聘得熟識製造大礮機師一員名米也由德國乘輪來華已於前數日抵滬卽附商輪前往湖北赴新創鑄礮之廠云　因按德國克虜伯廠煉鋼之法祕而不傳中國購船購礮之員曾詳詢之則游移不吐亦如新出之無煙火藥也該機師如傳此法則制鋼獲益多矣

十五日　晴漸熱夜尤熱

覆南洋大臣電爲查槍彈事　日本前赴中國之公使曾奉命必欲親遞國書又以中日和約今昔殊情擬欲修改中國政務殷繁修改未易就緒然日本至中國之貨日多雖於關稅有增而銀多漏出此亦宜防至日本之所懼者中國民數甲於地球彼來此往

載在盟府若不乘時修改華人之至日者漸多彼時禁之不能驅之不可日本憂之故有修改約章之命　因按日本步武西人此豈欲效美之禁華人乎華人之於日本皆商也所見左矣

十六日晴熱

李春官告假回華省親申刻大雨傾盆李春官即於此時啟行聞李傅相定於秋末冬初命駕至旅順口閱驗船隖以及兵輪灣泊之所云　因嘗考泊兵艦之隖水宜深基宜廣形勢宜藏中國現少此地頭等鐵艦不能容也旅順船隖聊以爲目前兵船之需如製造萬頓以上者尚須另營船隖矣

十七日晴

美國派兵船一艘名亞盡晏士由太平洋赴哥廷包埠順至中國駐泊保護商民　彼得堡來電今年進出兩欵進有羅布八萬萬八千九百萬出有八萬萬八千七百萬量入爲出尚有盈餘較去年進多二千七百萬出多二千八百萬云　因查十年前俄國入欵每歲不過六千餘萬磅合中國銀三萬餘萬兩耳而國債則十餘萬萬兩債息鉅矣茲報所言似不實也

十八日晴

俄國參將某以防守克浪可他地方機密地圖售於某國武員得俄銀一千二百羅布事洩拏訊屬實初定以苦工後改以洋槍轟斃云　因按俄負北冰洋之險以虎視天下自英法諸國合縱伐

俄終不得志拿破侖第一又挫於俄此後無加兵於俄者俄遂無外侮矣顧其內患實深尼希利黨屢見謀逆臣多貳志其憂在蕭牆之內而俄之君習以爲常不聞內省蓋北方之強歟

十九日晨起陰辰以後晴

調紐約隨員劉宗蕃到使館察看德國水師中添造各重一萬頓之鐵甲船四艘二造於伏爾鏗廠一造於溪耳官廠一造於維爾海爾姆司海文廠　因查近日風氣鐵艦以萬頓爲新式從前德國不重海軍近十餘年製造漸多必有長駕遠馭之思而將馳鶩於屬土也

二十日晴

英廷前命施旦來元戎馳往阿非利加開拓新土業於去夏告厥成功故施君去臘回英覆命官商闔而迎途爲之塞今悉施元戎已娶親英人名元戎曰開闢阿洲東方新土之第一人其地亦名施旦來以垂永遠云　英人欲在緬甸開通鐵路達於雲南並謂雲南商人亦望鐵路早成以收大利云　因聞施旦來先居阿洲十餘年與土人相浹洽故其發也疾如脫兔敵不及拒德法各國雖均派兵弁分裂阿洲終不若英之得勢且佔便宜英人用心之深求效之遠於此可見

二十一日晴

舊金山之南有地名下金山者屬於墨西哥國英人於彼開墾者

立有公司所墾之地已多英人謂得其地以屬英墨西哥其如我何昔英國之得屬地均如是也英之本國只三島今比於諸大國實屬地之多耳　因查墨洲全土始闢於日斯巴尼亞嗣後和蘭佔之法人佔之英人佔之其未爲各國所佔者則又皆立爲自主二百年來滄桑屢變和蘭只存麥天那一隅法國只存濟安那數處日國只存古巴一島而英國之屬地獨多近又垂涎於下金山古語云前人田地後人收惟強有力者主之耳

二十二日陰

俄國將軍某製成鋼甲戰陣之際可禦刀槍與彈且輕而易舉服此甲者於槍彈之來不覺其震俄國陸軍各官異之　因謹按近

日來復槍之彈皆用純鉛取其質輭而能循來復綫以出也 因嘗思之其性既輭則遇硬於彼者必不能入如衣鐵甲可以避之今果然矣然彈之尖稍鑲以鋼其圍稍小於鉛則仍能循來復綫以出而鋼甲亦透矣俄人之自爲奇異者安能久哉

二十三日晴

印度產茶日盛一日其成本尤輕其販往英京出售者每磅價值計一先令七辨士業已獲利三倍中國之茶成本既重稅釐又費將來茶業之利必爲外洋所奪 因謹按英報載印度錫蘭海島之茶新有一種色香味俱佳英人好之每斤計價銀五十餘兩然則印度之茶非僅價廉其種尤美我中國當亟思整頓以防茶利

爲人所奪也

二十四日晴

德國去年郵政官電報兩項贏餘德銀三千七百三十六萬八千馬克即英銀一百三十六萬八千磅多於預估之數二十萬磅

因謹按郵政局進項美國六千餘萬圓德國則銀六百萬兩合兩國之地土人民不敵中國之一半也中國如仿其興辦其利不尤大哉

二十五日晴申後大雨

美英兩國祕林海峽捕魚一事向有成約今美欲推廣約中之意謂阿拉司戛島所有之水獺屬於美國美國分當保護英國則不

以爲然謂昔者英國捕獺之人爲美國巡船所拘至今英未釋憾今不得無故而更張之云　因按美與英爭祕林海峽捕海龍事可謂以全力持之矣然理不足而勢又不敵欲英之拱手而讓其利決不能也形見勢絀美必不免矣

二十六日晴

皇上二旬萬壽是日黎明均花衣赴大廳恭行三跪九叩禮早備壽麪席晚備水陸酒席用誌慶賀　金山來信地方官所拘執之華人二十六名察院斷定以爲美國不應逼迫華人已釋之矣

美國自一千八百八十九年七月初一日起至一千八百九十年六月三十號止一年進欵單　計開　入口稅進銀二萬二千九

百六十六萬八千五百八十四圓五角七分　內地稅進銀一萬四千二百六十萬零六千七百零五圓八角一分　鑄金銀圓傾銷與存積金銀條出息進銀一千二百零一萬七千二百四十四圓二角五分　售賣官地進銀六百三十五萬八千二百七十二圓五角一分　領事署並創造新製牌照與置賣田地所收規費進銀三百一十四萬六千六百九十三圓三角二分　北施域鐵路公司存還欠欵進銀一百八十四萬二千五百六十四圓五角二分　國家銀行牌餉進一百三十萬零一千三百二十六圓五角八分　稅關所收規費罰欵充公等項進銀一百二十九萬九千三百二十四圓五角二分　北施域鐵路公司納還利息進銀

七十萬零五千六百九十一圓五角二分　售賣煙甸人土地進銀三十七萬二千二百八十八圓一角五分　老病兵院存欵出息進銀三十萬零八千八百八十六圓九角九分　海龍皮稅進銀二十六萬二千五百圓　干犯外國人來美僑膺之例所收之欵進銀二十四萬一千四百六十四圓　發賣國家物業銀一十九萬二千一百二十三圓九角九分　履勘官地所存之欵進銀一十一萬二千三百十四圓七角九分　損壞官地罰欵進銀三萬五千八百五十二圓三角七分　美都會城所進之欵銀二百八十萬零九千一百三十圓九角三分　雜項進銀一百六十萬零十四圓八角一分　郵政進欵共銀六千八十八萬二千零九

十七圓九角二分　合共進欵銀四萬六千二百九十六萬三千零八十圓五角五分

二十七日晴未刻雨遽止

美國之地爲歐洲富貴之人所有者計二千一百萬英畝其中爲英人所有者最多英人所置之地在美而其人在英收租人與地不相屬釁由是生美國鑒此乃立新章限制之　因查美國未墾之地按年出售英人多購之以資播種利至巨也茲美國以人數驟增荒地日減深慮將來人滿故議禁工幷限制荒地之外售也

二十八日晴

英報言中國漢口之茶運往俄國者雖多於昔然俄國茶市亦有

印度與錫蘭之茶中茶運往雖多恐不能久且漢口之不及印度與錫蘭者有五一資本不充二載運不便三講究不精四不得至味之所在及嗜茶者之所好五中茶稅重印度錫蘭之茶出口無稅凡此皆印度錫蘭之見爲易漢口之見爲難者也惟漢口出絲既多銷流亦廣且天時人力各得其宜宜絲之出日盛也　因謹按三百年來絲茶二宗爲中國獨擅之利今則茶利已爲印度所奪而日本法義各國均留心於養蠶所望遠見者早慮及也

二十九日晴是夜大雷雨

謁律司　華人某久於美國而欲回華請於美政府給入籍紙以便回美政府不允　因查華人之初來美也美國甚招徠之而斯

時華人不願入美之籍及至歐人皆入美籍則妒華人而禁之不准入籍時事無常浮雲蒼狗惟胸有千古者乃能洞燭先幾耳

三十日晴

美國紐約及川司德派兩城之機器廠獲利甚鉅每年除開銷外淨餘英金八萬磅創廠人已擁厚貲云　因查外洋機器各廠國家與商民均設故風氣日開中國船局機器局每以經費不足停工夫停工待費則有作有輟而工藝不能精矣且停工而不能不給工資則餼廩虛糜而成本又加重矣風氣未開在有力者振作之也

七月初一日晴

金山工黨既禁華人之來纔見金山華商依然列肆援照公法例不能禁遂謂華人所居之地污穢宜另指一地使之遷徙聞該工黨又請於地方官矣

初二日晴

聞西班牙夏間各廷臣又易云金山領事來稟言工黨逼遷唐人街事　因查美國工黨蓋無日不妒忌華人其未來者禁絕之已來者攪擾之必使之不安於居焉然華人亦有自取之道矣各堂之讎殺鴉片之匿稅屢懲之而不止此二者實人心風俗之憂爲

美國之所厭惡者也此挽回之所以難也

初三日 時雨時晴

謁律司科司達告以金山工黨事律司謂俟其行例時然後駁之并使永遠不行此非其時駁無益也

初四日 晴亦有雨

黑龍江漠河金礦業經開採金苗甚旺茲聞距三姓東三百里距吉林省一千三百六十里地名巴虎其地山川雄鬱產金之地二百餘處俄人覬覦之聞當道已奏請開採派員往查風氣日開富強有漸殊可喜也

初五日 雨申刻雨止戌刻大風雷雨

美國人列都約翰來書以舍路埠地方華人來往阻滯請添設領事因以未奉
國家之命婉辭之　因查洋人趨利之心無孔不入美國工黨禁華人華人所以來往阻滯苛禁不除雖添設領事空糜庫帑耳何益於華人哉

初六日卯刻見日日出而雲重雨

越南法國兵弁至紅火山攻不服法人之黨法兵受傷甚多法統領馬淩受槍傷至重搶回而死又爲越人梟首而去法議政局議借六十兆佛郎經營越南　因謹按越南臣服中國不侵不叛惜風氣未開而爲法國所滅然黑旗之勇法人畏之淮軍克復諒山

法人父哭其子兄哭其弟無不歸咎於創議之人至今日而兵弁之駐防者損傷未已也爭地殺人者足以鑒矣

初七日　晴北風天氣驟涼

德國漢地紳士將以漢地故紳大屋贈前相畢思麻以禦冬蓋以畢公現居之第寒氣逼人不宜於冬故也此可見德人之愛畢相云　因嘗考德國之地與民數及其建國之地而歎德國之難治也又嘗考拿破侖第一之虎視歐洲分裂德國而歎德國之難圖存也又嘗考同治十年德法之戰而歎德國中興之業爲不可及也聖君賢相並耀千秋今其君威稜第一已薨尚餘畢相痛定思痛宜民之不能忘哉

初八日 晴北風可著夾衣
西報載越南河南地方土人與法人交仗勢甚勇敢土人僅有快槍六十桿而法兵數倍之法兵決爲寡不敵衆銳進圍之土人四面應敵槍無不中法兵不敢前土人竟潰圍而出只傷三人法兵之死者十倍云　因謹按亞細亞洲法國向無屬地僅東印度一隅耳自咸豐十一年乘中國之亂遂踞東京不三十年全有其地越南爲之不祀其至今不靖者亦民之不忘舊君也
初九日 晴涼
英國之新鐵甲戰船名安生方於前年竣工下水近奉提督之命會操各水師兵法陣法及練操畢後覺船中機器有損嗣在提文

礮船隝察驗查其中機器多損兵部大臣謂此中必有取巧作弊者現已札飭某水師提督隨帶合同馳往製造原廠逐欵辨駁以期更換損壞機器據聞安生鐵甲當初造價計英金二百萬磅礮位尚在外云　因查製造船礮各廠其利甚鉅其弊亦多凡訂造兵艦者非諳練之人則不適用日本於法國船廠所造之兵艦是也而不能以貞廉自持者每致中飽此則悉數難終矣

初十日　晴亦雨

謁律師　美議院議美與各國交易須利益均沾如進口各國向得免稅者查其出產之處而請與國亦以利益相答茶葉向來免稅而美國虐待中國之民知中國必不滿意將以美之所以待華

人者加之於在中國之美商今雖有議料中國斷不允遂中止云

因嘗考歐墨各國之稅則無不隨時變通惟中國則一定不易耳美於中國貨物入口所抽之稅有値百抽五六十者有幾與成本相埒者宜其歲入至銀三四萬萬圓矣

十一日晴戊初雨夜小雨

金山十七號報言美國鉢崙地方之鐵路公司分造鐵路數條以資利便均用華工現擬招華工五百名前往古市比埠以期集事云

因每與美之紳商相接必詢華工在美情形大約西省之紳即金山一帶必惡華人受工黨之舉也其餘則不然商人則無不愛華人者爲其工價廉而能耐勞苦也然商人惡工黨而勢實不敵蓋

美之保舉總統議紳計人數而不計貧富一公司而用工人數千
人博高位者安肯顧公司而得罪於工黨哉

十二日晴天涼可覆薄棉

去年中國產絲較前四年爲多蓋觀於上海廣東二口出口之數而可知也廣東出口之絲較前年爲多日本則去年之絲較前二年爲少然自一千八百八十五年至一千八百八十八年出絲日盛去年雖少無甚大損觀東方出絲數目知大有起色矣

十三日晴

美國民數於六月一號起查今告成按總辦戶口之報知本國現有六千二百四十八萬零五百四十八人按一千八百八十年本國

人數計五千零十五萬五千七百八十三人此十年中人數加至二成蓋因別國入美境者共有五百二十四萬六千六百十三人云　因謹按華人至美較歐洲各國不過四十分之一耳而美廷禁之者則以招工黨之忌又以不入美籍而無援也

十四日晴

義大利王子至德以固德奧意三國同盟之局雖畢思麻去位依然不變云　因謹按義大利古稱羅馬二百年前曾霸歐洲今國勢非舊然水師之力足繼英法而稱強焉惜國債纍纍力不能持久矣合縱解而秦遂王德義奧之盟寒而俄難制義有智謀之士焉敢不固三國之交哉

十五日晴

美廷電諭金山稅務司加抽入口之鴉片煙膏每磅稅銀十二圓云　因查外國稅則其輕重懸殊者非苟然也大約本國所必需之物其稅必輕或免稅以招徠之如美國之於茶葉是也奪本國土產之利者其稅較重所以保本國之利如美於中國之米紬是也其於無益於日用之物者其稅尤重以其糜費於無用之地欲民間惡而絕之如各國之於煙酒美國之於鴉片是也凡此皆具有深心而各國一轍者也

十六日晴

美廷搜購現銀本月已購到一百二十餘萬兩各處銀根十分窘

急銀行尤爲喫緊幾不能支持云　因嘗考外國之錢法矣金銀二物鑄成錢者用以平準貨物自一以至十自萬以至兆計數而已平不待權色不待驗豪強無可把持愚賤無可抑勒民得其便而上得其利（金銀鑄錢均有贏餘）各國皆然蓋無殊風氣矣至不鑄錢之金銀則與貨物相同因時計值不能當錢以交易也

十七日晴

美國戶部購買銀甎銀甎驟漲遂派員至墨西哥國查看銀礦現墨國銀礦主均僱工開採矣　因查墨國與美接壤鑛地亦多乃美富而墨貧國勢相反嘗以詢之美紳美紳言墨洲之人民以墨西哥爲最嬾歐洲之人民以土耳其爲最嬾皆不可救藥者風氣

不轉殆將亡矣

十八日晴

英人於緬甸測道設鐵路達怒江入雲南以通商其路自曼得來東向沿經商舊路至肯龍渡始與怒江相接長三百英里需費銀三百五十萬磅　因謹按緬甸之地沕穆亘古未開十餘年前聞緬甸以英人垂涎其地乃備武備以象負礮出入城門以耀兵其礮爲銅質而塗以金英人視之以爲不值一笑茲英人據有其土測道路與火車鑿破渾沌其志不在小矣惜哉

十九日晴

金山居民日衆原設信局日不暇給美廷郵政部以金山地方日

闢四至日遠議增信局以收利益　美廷以法國絨疋國人愛用
入境日多以致銀錢出境亦多欲防漏卮於是加抽絨疋之稅而
法國商人卽與美國向辦絨疋之商同議合湊資本二百萬圓卽
於紐約設廠製造以避重稅云　因謹按外國求利之心如水銀
瀉地無孔不入中國亦以興利爲言而用心遜其精舉事亦遜其
敏風氣未開也

二十日晴

朝鮮代辦繙譯來見　聞墨洲之千家埠本隸卑勞支晏國地得
一百二十萬丁方居民約三十萬現英國欲以重金購之該國國
王已赴英商議矣　因謹按以金購地此古今一創局也美國既

擬購聖駝馬島英國亦擬購千家埠葡萄牙且欲以屬地出售於他邦風氣之新實有非意料所及者矣前此未之聞也

二十一日雨中夜雨止雲重

美國報單紀自一千八百二十年至一千八百五十四年華人至美甚稀其年始聞金山有金穴於是華人至美者一萬三千人此第一次至多之數以後多寡不一每年約四千至七千之間至一千八百八十二年華人至美者三萬五千六百十一人美國乃亟設例禁之云　因嘗綜各國民人之至美者合而權之華人至美實不及英國百之一也顧各國之民皆入美籍而華人獨不然入美籍者皆得操保舉總統議紳之權而華人獨否是美國人望欲

爲總統議紳者舉無求於華人且各國民人之入美籍者合爲一黨不入美籍之華人獨爲一黨其勢孤矣焉能安居於美哉

二十二日 晨起陰晴參半晴熱

俄屬西比利亞興造鐵路有美國人名必打非路現寓俄國欲承攬此工擬由俄京通西比利亞以達太平洋俄皇願交美國人包造以求速成俄臣則謂宜由本國興造現已有俄員到美商議此事 因按制造之利大矣觀於各國之攬兵艦鐵路工程而知之也英法德美各國滬上均設經理出售船礮槍彈之洋行中法越南分界之約法人以包攬中國鐵路載之約章茲美人又欲攬俄之鐵路英法美德此四國者制造著名而富亦著名救時者可知

所趨向矣

二十三日 晴熱如暑

倫敦來電言印度東北之阿富汗北與俄界英以阿爲印度屏藩故羈縻之以固印度阿若向俄則俄勢重近聞阿竟與俄通商英甚憂之云 因查土耳其爲歐洲之屏蔽歐洲各國之所重也阿富汗爲印度之屏蔽英國之所重也古之籌邊者籌之於數千里外以爲遠矣今則籌之數萬里之外幷於本洲之外非好爲馳騖也時勢不同也

二十四日晴

俄國新造一水雷船名曰壓剌每半時能行三十一海里英報謂

自有輪船以來未有如此速者英國至速之船不過半時行二十三海里耳於是英廠工師創言於英廷云如不惜重資能造一船每半時辰準行四十海里云云　因按每半時辰行四十海里以海里之三合中里之十乘之則一時辰行二百二十餘里矣地球徑九萬里船行四十日可以一周機器誠巧矣哉

二十五日晴

美廷有諭令購白鐵以爲軍器之用美商因留意鑛產鍊白鐵以求利益　因查白鐵者非中國所用之尋常白鐵乃外國所名爲尼克耳又名爲鎳向產於德國其色如銀故歐洲稱之爲德國銀其質之堅過於鋼而不生鏽近美國亦產此用爲鐵甲較鋼尤堅

彈之能透鋼者尚不能透白鐵也

二十六日晴

美國朝鮮來電云太妃薨後高王懼變乃請援於美國日本二公使遂有美日水師兵自仁川至列隊入都圍兩使館列營數日無事始撤回　因謹按光緒十一年北洋大臣與日本公使伊藤約中日兩國均不得以兵入朝鮮都城至巨文一島中英亦經商定不得租與他國今皆違約何也

二十七日　時雨時晴頻雨頻晴雨則暴雨晴則天青見日如中國五月時

拜發期滿請奬摺　律師來言美廷以華人多自墨西哥及英界

掩入議院現已派員往查以便設防云　因查自光緒十四年美國悍然背約行禁工之例而華人不能入境乃由英屬之卡拿大墨西哥之邊境潛繞而入於今二年至是而爲美廷所覺乃議設防過此以往禁例益加密矣

二十八日　亦時雨時晴天氣益熱

檀香山島商董程汝楫來文以該國欲招華工而又立苛例以禁制之使不得自由查招工既不合例而苛虐華人之風亦不可長中國與該國向未立約無從辨詰即謁該國駐美公使託其轉致該國政府該使允之

二十九日　陰晴

美國官紳言朝鮮欲向美國貸欵事尚未成　因查歐洲之日斯巴尼亞葡萄牙向稱大國均以負重債而國漸貧弱土耳其竟稱債國又無論矣墨洲則墨西哥負法國之債幾至加兵閧都拉朝不保暮有明徵矣朝鮮初與美國交涉而遽議借貸非計之得者也

八月初一日元吉晴

聞土耳其國王因懼義大利國欲佔奪德柏勒地方事近來大增軍額並整飭將士戒備不虞云　因查土耳其兵額名爲七十萬人其實可以捐免又且僱人代替有名無實安能致用於臨時乎其所購鐵甲兵船永不出海常泊海口蓋武備之廢弛久矣所謂

整飭者安在哉
初二日晴
華盛頓省鴉連埠工人結黨與華人約限二十日移出該埠不許逗遛否則以勢驅之華人急電金山總領事由左庚轉電請援遂繕稟商之律師急照美外部
初三日晴
美國日報載德國般孖蘭拿地方所墾之地甚廣現因德人少而工價貴議僱華人已發信至香港矣可見華人有益於地方其嫉之者實由工人之妒忌耳　因查歐墨各國之入美籍者近二十年中已二十餘兆此種人既入美籍即與美國之工人合而爲一

其勢大矣華人則戞戞獨造其勢遂孤凡有血氣皆有爭心黨同伐異自古已然華人安能容於美哉

初四日晴

接美外部照覆已電鴉連埠巡撫速爲保護華人　俄太子親帶水師兵艦四艘由歐洲往新金山新加坡西貢以及中國各通商口岸云　因嘗聞俄之前王名彼德者以俄國水師未強曾變姓名入歐洲充兵船水手數年乃歸因以整飭海軍以視商之武丁學於甘盤遁於荒野者如出一轍近十年來英之世子旣遊印度復遊歐亞各大國玆俄世子又接其武皆習勤勞廣聞見之意也

初五日晴

越南東京人民惡法屢犯法營法國駐防之兵不能制法廷祕而不宣因現在方擬借款以爲東京之用恐議院不允也　因謹按當漢之時珠厓向化來歸稍有反覆即議棄之以甯人也越南不服法人與法相抗仍嚴守之以足欲也法於亞洲無屯煤之地不得越南則海軍不得橫行於亞洲故不輕棄耳

初六日晴

美外部來信並附鴉連埠巡撫覆外部之函云已設法解散土人保護華人矣　俄國諭稅關於進口英國鐵器棉紗之稅加重抽自百之三十至百之四十云　因查稅則者國之內政匪特大國可以自主即小國亦可以自主也歐墨各洲於他國重吾入口之

貨稅者則亦增彼國之貨入吾境者以報之謂之抵制如法之於日歐洲各國之於美是於我國減收他國之貨稅者則請他國減收我國貨稅以報我謂之報施如美於各國報施之約是無抵制則弱弱則交涉者狎而玩之匪特不足以市惠也而幷因以招侮難矣哉

初七日晴

勃爾加厘亞國君內政修明外交亦固俄主擬廢之而另立云

因謹按晉之伐潞也謀於諸大夫諸大夫以爲宜待後人伯宗以爲其君無德不討後之人或敬奉德義而可討乎此幸其君之庸也勃國之君哈吞腦先曾爲某國之兵官賢能久著殆與威稜第

一之出身同矣俄欲干預其政而可任其國有賢君乎宜其欲廢之也

初八日晴

倫敦來電言英國開闢阿非利加洲新土建築鐵路由夢白柵地方起一路插標以爲日後即由此始創地步以免再勞云　因按今之立言者曰渾沌勿鑿曰爲天地留不盡之藏其言至大純粹精也然巢窟易而爲宮室矣羽皮易而爲衣裳矣飲血茹毛易而爲粱肉矣迄於今歐洲之風氣全開所未開者亞洲之琉球越南猶有古風阿非利加一洲則全係黑人榛榛狉狉是眞渾沌未鑿而爲天地留藏者也乃本洲之人爲天地留之而他洲之人爲開

闕之讀詩至山樞三章未嘗不憬然有感也盍斷章取義乎

初九日晴

英兵部飭令武大員數人郎將新式無煙火藥入大小各礮試演該武員等演後禀報兵部大臣謂此宗無煙火藥實軍火中利器且所向尤準敵人無從知覺兵部大臣擬即廣爲製造分給各營各防礮臺云　美國化學家新得無煙火藥製法貽書本署索價銀一百萬圓則當傳授外洋向例如此也因考火藥爲硝磺炭三者合成硝炭本無煙其有煙者磺耳若以樟腦代磺則必無煙惜未一試然可以意揣也

初十日晴

聞
醇親王病勢頗重美國君臣以爲中國之所恃者內則
醇親王外則李鴻　此二人者關係甚重惟望其政躬安善焉
德人之在阿非利加洲東者今出重貲僱人爲導入其內地蓋爲
闢土地計非遊歷也　因謹按地球爲四大洲近以澳大地亞方
輿甚廣亦以洲名墨與澳四面瀕海均自成一洲者若歐羅巴洲
亞細亞洲阿非利加洲雖名三洲其實共一片土耳歐洲之人好
尋新地墨洲始爲日斯巴尼亞所得今或自主或英法各國分裂
之土人已式微矣澳洲始爲和所得繼而棄之法人因之而又棄
之終歸於英英以爲外府焉近年以來實無可闢之地則謀分裂

阿洲英人綢繆獨早已占先著必操勝算德法次之日與葡又次之從此阿洲不祀而作歐洲之外府矣惜哉

十一日晴

英名將華士里近著一論登於日報云嘗覽天下大局究其盛衰消息之理而知將來得志於五洲者必中國也華人數多堅忍耐勞中國又講求武備其機易轉爲英國計莫如結華以爲援至德法兩國戰事必不能免此非常戰爭興亡得失即在一舉云　因嘗考地球各國之民數中英俄美德法六國最多英與法爲鄰俄與德奧爲鄰德則閼於俄法故皆練兵以自固而勢遂強中國民數多於英俄美國民數多於德法而強似不及者則不尙武之故

也然百年以前歐洲各國風氣未開通商者只葡萄牙租澳門一島西北與俄鄰中間甌脫相距甚遙今則非昔比矣俄患漸近英法各屬地之在南洋者近傍門戶時勢不同未可拘守舊轍也美處墨洲同洲皆小邦向無外侮自輪船日精歐洲各國五日可抵紐約非若往年可侖比亞之來墨洲者越半年而始至也美鑒於此近年亦修武備昕夕不遑識時務者爲俊傑無遠慮者有近憂所願沈幾觀變者投袂而起焉

十二日晴

謁議院紳麥美倫該紳已回本省矣　赴律師處商照美外部事及日設領事祕國華人自舉領事事律師謂照美外部駮詰苛例

外部無權能廢小呂宋設領事日國必不允設此二事者不過盡心焉耳祕魯積弱所商者可委曲相從勉力爲之彼當不能不允因以爲然遂辭出

十三日雨酉刻晴

佛及尼亞教會來書云已稟請美議院廢禁止華人例除錄一分呈總統外應并呈大清欽差並中國政府鑒之因即作書覆之以爲此例殊違公法而背條約廢之自是理所當然云因按美國教士向無爲總統議紳者故無覬覦爲總統議紳之心而因無求於工黨也且美教士之行教於中國者畏中國民人之報復則有性命之憂此又有求於中國也宜其立言如是也

十四日陰

金山來信並呈遷徙唐人街事審司批駮云今創此例不分良莠一旦逐出埠外顯是強奪彼產也著不准行　因查美國察院審司之員其人必向爲律師素端品行又年過五旬方准充當充當之後如無過失則終其身此等人大抵不侮鰥寡不畏強禦素有直名者其俸與各部長同故亦不求遷調而惟各行其志凡所訊斷一秉至公猶有古道存焉

十五日陰

向來逢令節使者及隨員等卽於大廳行禮此次非慶賀約於辰刻而繙譯二員究以不能早起不到　聞

醇親王之恙已痊中外額手相慶

十六日晴大風

接總領事左庚函知彭承謨因金山物議沸騰急於告假啟行回華已電覆允之　美國家近禁止呂宋票入境不准信局代寄不准銀行兌銀云　因本年赴日遞國書應酬之暇嘗考究日國政事於售呂宋票事亦知其詳凡售票之欵提出四分之一以充國稅（如收銀十萬兩則以二萬五千兩歸公）其餘除費用外分作頭二三四五采給得采者其采票之屬何號惟臨時始知之其法如闈中之掣籤分卷不用籤而用珠珠置兩空球中一爲號數一爲采數每球一轉則一小珠出如此球所出之珠爲一

號彼球所出之珠爲頭采則一號得頭采此球所出之珠爲二號彼球所出之珠爲無采則二號空矣其轉球之人爲童子凡有票者均准往觀故無弊端而多購之者然收十萬金而但以七萬五千金爲采又除費用則購票者之所失多矣敢以告中國之購此票者

十七日 晴陰

郵政局總辦凡吳客脫來謁言天津鐵路被飢民折毀英人欲通商於滇省謂雲南之西崇山峻嶺皆自北而南苟由緬甸通以鐵路可順山而行無鑿險縋幽之苦果能從速測量興築鐵路數年之內即有火車達於滇境數十年築室道謀者一旦成功大快人

意且法人已居於蒙自開闢利源英人豈可甘心讓之云　因謹按六經無堪輿之說自禍福中於人心而遂有陰宅陽宅之論其實皆影響耳中國鐵路開鑛二事皆爲堪輿家所忌夫地球厚三萬里開鑛至深一里不過入地三萬分之一耳何足言損且堪輿家好言氣氣固無不之也而何以分有氣無氣且大塊共一氣也又何以分生氣死氣歐墨各洲若英若美鑛廠鐵路極多民亦極富未聞其有所不吉也

十八日　陰小雨

謁律師又謁凡吳客脫聞是日散議院　英人在緬甸自曼得來至怒江測量道路以便興設鐵軌途中多遇險阻內有一處須駕

橋長三十丈至五十丈始可免縋鑿之費云　因按英得緬甸法得越南極力經營均以鐵路爲當務之急比利時爲歐洲小國介於德法之間國中鐵路至多商務亦至盛然則疑鐵路之有礙於防務者非也

十九日　大雨

律師來　郵政局總辦凡吳客脫來見　駐日本大臣來電調繙譯李維格　伯林來電云德國主至啟爾埠閱海軍并溝通北海與保耳剔克海之大工次日北行至丹國兵船一羣隨之與丹君相見後命駕至那威見其君至西上月底返國後又爲英國之行閱秋操畢現將往俄及奥與奥主同閱水陸大操云　因査德之

前王威稜第一少好武藝其未即位以前竟當兵官馳驅征戰即位以後戡義戡輿戡法已及暮年乃至耄耋巡歷不息可謂勤矣今王繼之不自暇逸國之富強如昔其有乃祖風乎

二十日晴

卡拿大地方土人上書政府謂華人日眾吸食鴉片有壞風俗請禁入境　因謹撥華人習勞苦故工作勤而工價賤所至之地公司利之而工黨妒之故藉口瑕疵以期禁止其來但卡拿大政府已收華人身稅撥名五十圓准其安居與美國之情形迥異必欲禁之是失信於人也

二十一日晴

俄王曾出諭禁止耶穌教會中牧師無護照者只准在俄國邊界行教不得深入名都大邑云　因查耶穌教爲因果之說與佛教相似其用意亦無惡於天下惟行之者多藉以亂法故招怨耳俄崇希臘教本與耶穌隔膜其限制之以防滋事宜也但非强國而出此則或以啟釁爲虞矣

二十二日晴

接總理衙門電言阻韓借欵事　因於朝鮮向美國銀行貸銀事已面見外部告以必不可貸外部已允美國家必不貸矣又與律司商之律司以爲宜刋報使通國周知則商家亦無貸之者方可止也適北洋來電亦如此遂刋入報

二十三日雨

新嘉坡來電云現爾埃白金礦以三百五十頓礦石化煬獲淨金八百七十兩核之每頓計得金二兩五錢云　因嘗以開鑛事詢諸李格士銀行之總辦據云金銀之鑛雖有利而亦有弊防其匿鑛質也若銅鐵錫鑛及煤鑛其利尤厚如辦理得人則取之不竭有留心鑛務者愼勿重金銀而輕煤鐵也

二十四日雨

駁詰美國禁工苛例照會外部後本日美外部覆照會云總統已與各部議院商議非有意遲延不復云云　因查美廷之久不照覆者非有意而實有故也律師嘗言之矣美自違約中國責美以

違約義正辭嚴美將自以爲是乎而不敢也美將自以爲非乎而不願也此不照覆之故也

二十五日晴

接北洋電美兵船二艘在韓調水兵上岸送韓太妃葬屬向外部阻止卽往見律師本日外部不見客明日往謁　俄屬阿蘇里地近以華人麕至擬重征身稅以禁之又高麗人之至者亦同征稅

因謹按中國人數四百餘兆甲於地球商務未興謀生計絀故華人足迹徧地球所到之地地主卽征身稅以爲利雖暹羅爲中國之屬國猶效尤焉惟美國尙不因以爲利而又見忌於工黨限制綦嚴則華人之不幸也

二十六日晴

李維格啟行赴日本　午刻謁外部爲言美國兵船在朝鮮派兵送朝王太妃之葬爲向來所無朝鮮頗懷疑懼請電止外部答曰本國未得駐朝使信未悉其詳泰西之例兩國有交誼例以兵隊送葬爲禮美與朝既通使則禮所宜册庸電止因又言朝鮮近年民情恂懼忽見客兵入國殊不安堵故爲之請外部云朝鮮未見來電不知其不願與否以兵送葬爲理之常未便輕率電止且朝鮮之所慮者俄耳中國欲保全朝鮮但當防俄而不必防美美斷不覬覦朝鮮中國可以息慮朝爲中國之藩中國不願美兵送葬但飭朝鮮力辭則美當遵耳遂辭出

二十七日晴
京北漢河金礦出金頗旺工人至萬餘名風氣漸開亦我
國家富強之兆　因嘗聞諸父老有明之季開礦之舉閹人專之
利則入己害則歸公故後人遂以開鑛爲弊政而不知歐墨兩洲
其富強皆以此也比利時小國耳其民僅五兆而開鑛者至十萬
人其國雖小而富焉亦可以覘風氣矣
二十八日晴
律師來言美兵船在朝鮮以兵送其太妃之葬事屬致敬於與國
無關交涉之事亦無保護之心中國可以不問問亦無益美國斷
不因中國一言而肯失禮於有約之國也　因查墨洲皆小國而

美無兼併之心歐亞兩洲不聞其有屬國則其心可知矣其禁華工也實以民主之邦將順民心非有猜嫌於中國也其於朝鮮何覬覦哉由其所言以觀其所行其用心可見矣

二十九日陰

日斯巴尼亞現以紐約領事爲駐美公使意欲與美國立一通商和約專爲古巴起見外部大臣布連將與商議云　因查古巴爲日之屬島而與美鄰英人嘗攻之矣美不聞覬覦焉美新與各國立報施之約古巴與美互市至多故日欲與美立約耳

三十日雨

外部來文以派員查金山埠戶口並所習技藝請飭中國總領事

署幫同查核云云此案是否恐中國領事以前照會所云華民不過八萬人不實抑或謂華人開設賭館煙館妓寮不合故爲此舉已屬金山總領事加意伺察以爲防範之計　謁外部

九月初一日　大吉雨

閱前任鄭案美國飄折地方管稅官來信以英屬域多利華人日盛現已有二萬五千人宜設領事以資保護鄭大臣覆以暫緩

因謹按中國不願設領事者以設一官即增一費國帑支絀不可鋪張意甚是也然外國領事之費即取之於商民蓋以國爲民設官民自爲官籌費我

國家自新加坡初議設領事時建議即以船牌之費爲領事之費

及其既設則又不然

朝廷重違其意委曲從之自此以後成爲領事之費由國籌之老成深算謂以中國百姓之脂膏爲外洋遊民之保護重外輕內謀之不臧於是各處求設領事者均作罷論矣

初二日晴

英報載美國草昧初開僅一百年其創始者爲華盛頓神聖英武富強之事以次遞興越一百年國富至十餘倍其富強之道以鐵路爲第一關鍵故地球鐵路惟美最多亦惟美最富也南墨洲銀國效之極意經營已成二萬六千餘里尚擬再興運出之貨年盛一年火車至不敷用一千八百八十九年又增機器車一百七十

八乘人車一百四十五乘貨車五千四十八乘商務日興矣　因

按華盛頓拒英而美始爲自主之國於美爲德於英爲讎乃美人愛之而英人亦稱之亦可見公論在人心而盡心爲國其事可爲焉

初三日晴

奉北洋冬電兩次爲朝鮮事當卽與外部約訂晤期訂以巳刻到時已有南花旗公使先見因於第二起見外部先作寒暄語因曰貴大臣二十八日所言已電中國政府及北洋惟朝鮮葬事已逾二日貴國兵船之兵仍駐漢城且帶有礮三尊藥彈數箱兵官二員朝事正在危疑之際易啟猜疑請貴大臣電止外部曰譬如美

國兵船到中國天津上海地方中國如有喜慶之事派兵上岸入城以誌歡忭中國不疑他國何必猜疑因曰時爲之也昇平無事之時人情本自怗然兵船派兵上岸且又不久何猜疑之有今朝鮮國事正屬危疑美國猝然派兵上岸且帶槍礮又如此之久焉得不疑外部曰美國持盈保泰匪特不貪他國土地並不願干預他國之事無庸疑慮因曰中國之所疑慮者非慮貴國之兵慮他國之效尤而起也貴國能保貴兵船之無他不能保他國之一一如貴國也且貴國既不願干預他國之事何惜此一言阻止兵船之兵如果阻止於貴國持盈保泰之名愈有益也外部笑曰本大臣並未據駐朝公使公文實屬不知其事可見我國之無他今既

據貴大臣屢次言之當照兩次所言知會駐朝公使派兵入城中國既不願以後切勿輕易許兵入城可也因曰貴大臣如此辦法益見貴國之善持盈保泰矣遂寒暄數語握手而退

初四日　晴大北風

前月巴拿馬商董易佐才等以該國土人議禁華人不准在該埠開設店鋪並不准傭工因禀請救援當以該埠爲可侖國所轄即往謁該國駐美公使又託美國駐巴拿馬領事代爲轉圜茲據該領事阿丹信復書稱已向該國政府及該埠巡撫婉商不宜驅逐華人開罪中國該國已將土人所立苛例駁除不行該埠巡撫且謂華人勤而耐苦實爲難得當保護之云云查中國與該國向未

立約不能自向該國詰問只可婉轉設法尚幸可行否則華人又苦矣

初五日晴

祕魯吳濬來信言智利土人因美國銀錢價賤物用漲價土人作亂搶掠各國商民均有遭刦者所失貨物中國約值銀二萬餘兩因未立約無從索賠禀請駐祕參贊設法因與智利駐祕公使商之該使不敢與聞因令商人自請律師赴智利國家控告查泰西各國無不相立和約相求通商而國用不缺者由於此項費用取之於商也中國向無此例故遣使之費取之於國而四成洋稅有限不能擴充故不能盡設參領而保護之權有所不及固勢有所

限亦法有未備也

初六日 小雨大風

聞初三日英屬域多利地方有華人二十名私入美境爲美國關吏所見遂拘執之 因查自光緒十四年美國違約苛禁華人而華人遂由英屬潛入美境於今二年美漸知之法網亦漸密矣

初七日晴

金山美七號新聞載美國嘉省新聞其升調每以能苛虐華人者爲先以其能得工黨投籌也現任舌地美印判久候本省總督之職故屢出苛例酷虐華人刻總督缺出該員巡遊各埠宣言於衆謂如得此缺必立新章以期益土人而制華人工黨然礮相迎待

之盡禮　因觀於此而知禁工之例必不能除也美之在官者無不以苛虐華人爲富貴之階工黨稔知之亦卽以此牢籠在官者遂覺沆瀣一氣而華人益不聊生焉

初八日晴

聞斐市那埠各園因百果成熟需工孔亟甚愛華工僱工者每日願出工資一圓五至一圓七角而苦人數不多洋工亦一圓五而火食在外且不受約束故園主願僱華人也　因謹按美國各公司皆喜華人而惡埃黨而華人之勢卒不敵者未嘗入籍不操保舉之權也或曰各公司亦操保舉之權美之官紳何以媚工黨而不畏公司乎因答曰鐵路製造蔬園果園此數公司者每一處用

人多至數千少亦數百而保舉之例向挨名而投籌縱使各公司盡爲投籌度美國之公司計數當不過千耳而所用之工黨則千倍之公司之勢只抵工黨千之一耳美之官紳何畏哉審勢量力欲美之不徇工黨不禁華人必不能矣

初九日　晴中夜大風雨

謁律師戶部　俄王以宮牆附近常檢獲炸礮等物疑係尼希利黨所爲故欲遷往兀芝那宮不料兀芝那宮亦早有之遷宮之議遂罷云　因按俄主好兵比鄰諸國皆側足而立時時防患之不暇固無有敢加兵於俄者俄眞無外患矣而不意其患生於內且防之而不勝防也人乎天也

初十日　大雨大東南風

美國新定稅則洗衣漿粉入口每磅抽銀二分所以困華人也英國以美廷增稅新章有礙英國商務已與美廷辨駁　美國費城保護華人會會首來信謝去年善捐並訂西十一月十九號赴會又云已公呈上議院除苛待華人之例云　因謹按洗衣之漿粉每磅值銀不過二分而入口之稅如之且他國均無此物是專爲中國而設也假使中國照美之稅漿粉者稅美國之麥粉卽以每年五十萬桶計之每桶成本銀八兩稅亦八兩則每年稅銀四百萬兩矣漿粉麥粉同一物耳中國如毅然行之美將何以措詞哉

十一日　大北風天陰

駐祕參贊吳濬來信以祕魯田寮急需華人作工其寮東屢次來求向中國招工並立保護工人新章以冀中國允許因謂華人出洋遭虐未有如祕魯之甚者前此智祕搆兵華人慘罹殺戮者四五千人此外爲寮東虐斃者不下萬人以後中祕雖立約保護華人該國紀綱不立上下相蒙雖有約而不能行徒託空言迄今中國之民猶憔悴於虐政也應俟該國能實力奉行保護華人之約再由中國察看方可相商

十二日晴

繙譯李維格經出使日本大臣奏調赴東洋前月底已啟行使署繙譯一人力不能給查有以前肄業局學生容揆在美國理海學

堂用功洋文尚優當即札調於今日申刻到署　因謹按出洋肄業局始於光緒五年撤於光緒十一年費庫帑數十萬而所培植之人才甚希則經理非人故也

十三日雨

西歷七月九號報載美國東方諸大省近來以科司達律司所上上議院條陳及駁下議院馬羅苛禁華人新章均謂美國立例不公羣相訾議又美國富戶名百嘉省亦著一論以駁禁止華人之例登諸日報而紐約波市頓釐爹兒費亞各埠新報所紀亦同意者美國尚有不阿工黨不冀顯宦而不昧天良者乎　南洋來電以向云者斯德廠所定之槍係雙機槍頭如未請驗無驗過回文

者不收云云　聞翰林院侍讀許景　派充俄德奥和公使

十四日晴

新金山土人之工役嫉妒華人逼國家立禁國家不得不從矣乃附近太平洋一帶之漁戶謂華人不來則取魚醃魚均少人而金山沙末魚之利將來必爲他人所奪現在議舉人員至金山省往見大府請速開禁云　因查新金山草昧初開人煙稀少墾荒開礦在在需人其欲華人之至者商人興利之心也其妒華人之至者工黨專利之心也公私不同故意見各別耳

十五日晴

七月中旬巴拿馬商董以可侖國土人議禁華商會集千餘人挾

制地方官逼令華人出境稟請救援當以該國與中國向未立約無從照會即往見該國駐美公使託其致意政府公使允之又求外部轉致美國駐該國領事面向政府言之月初美領事已有回信言該國不准土人凌虐華人因當即復書致謝本日接駐秘參贊及嘉里約領事來函稱可侖政府不准土人創驅逐華人之例其創亂者已拿獲百人監禁華商貿易如常矣　同文館總教習丁韙良來謁當與晤談良久該教習於美禁華人頗持正論因甚嘉之當即答拜並訂十七日公讌　是日律師帶丁韙良見美總統

十六日晴

律師來言已見丁韙良擬於十八日請美國大員與丁韙良相見俾丁韙良所言與衆聞之頃已偕丁韙良往見總統丁韙良尚敢言因以美國駐巴拿馬之領事實心保護華人欲咨請總署賞給寶星律師謂美國官員向例不許領他國之賞前此公使田貝承

中國

皇帝之賞佩帶爲例所格乃存之博物院以示後世而記中國

皇帝之恩此破格也今欲賞美國領事官以寶星必下議院議之議院未必准受不如將來赴祕過巴拿馬時親往道謝以使者之意贈以什物如投桃故事該領事可以受以後亦必保護華人也因頷之

十七日晴申刻四面皆晴而近數十丈獨雨如中國五六月時氣候

申刻丁韙良至醮於大餐房具中國饌從丁所願也使館參贊以下畢集丁故善飲健談言及前次請假回美曾歷地球一周由中國向東而至金山至美都至大西洋至英至馬賽至紅海至香港皆指東而行仍返中國可見地球之爲圓形四面皆空皆有人物又言泰西人好游其君往往出遊如英法俄德義奧之君終年涉歷他國如春秋時覲遇會同之典亦風氣然也因因言中國欲開風氣須諸王貝勒游歷東西洋並以詞臣之諳外洋掌故者置諸左右則自

天子以至百僚皆知今昔之時勢矣丁又言地球諸國近以英俄美法德五國爲強大究竟法與德壤地褊小無可恢拓不若中國之地廣人稠得其人則自然強富不待開拓而開拓亦易圖也此外則俄可開拓英雖三島而各洲之屬地甚多新金山一洲卽可抵亞洲之地美則地廣而未開墾者尚多過此五百年不患人滿百年以後中國美國英國俄國此四國者勢當相埒亦慮相幷矣坐中有言日本厲精圖治泰西各國以小英吉利目之然則日本亦屈一指乎丁未對因笑曰日本果能強乎泰西各國有譽之者因其曲意趨承奉若神明事如父母故以好言慰藉之美國新聞卽識其設議院而不擇議員所議者適便私圖不足與謀國矣其

千餘年而君不易姓者前此日本國政由大將軍故干位者不爭君位而爭大將軍耳其國形勢四面皆水當鐵艦未創以前誠有湯池之險今則鐵艦之製日精礮力之及日遠日本失其險矣元世祖平湖之役兵艦未行且亦僅攻其一面耳近年以來其勢非復從前矣如德川氏之季年美艦入賀浦旋入下田俄艦入大阪旋入唐太英艦入箱館旋入長崎往來倏忽電掣風馳日人設守無方未攻先潰國不亡者幾希何強之有泰西以俄爲犺以英爲獅言其猛鷙也以中國爲象言其力大而笨也以日本爲猴言其跳躑輕狂而實無用且事事步趨人也丁大笑以爲聞所未聞至戌而散赴律師處

十八日晴

是日律師偕丁韙良見外部布連布連於十七日由西省地方回美都不願見客因費城會請其十九日入會即當與郵政局大臣同往故丁韙良不能見面　是夜律司科司達設茶會請美官紳見丁韙良有按察司與焉丁韙良爲言中國近日與武備設海軍地大物博指日富强並言中國聲明文物之盛坐中聽者皆拍手稱善夜闌同赴大餐房啜加非茶並陳設果食隨意取啖賓散已交子刻矣

十九日晴

參贊彭光譽是日醼丁韙良用洋餐因向不喜洋餐故不與

十三號西報云現屆嘉罅寬省總督任滿之期故在本省入美籍者紛紛投籌各舉所知現任嘉省知府名薛地羊亦將任滿候調有欲舉薛地羊爲嘉省總督者工黨中謂其昌言不喜華人而所開之礦地仍用華人口是心非必不可信因將該府所爲列諸新報以明不舉之由云云工黨之勢燄如此宜美之欲躋高位者專以苛虐華人爲階梯矣　初七日有華人三十名由香港附船至墨西哥又由墨西哥至美境爲關吏所獲現擬仍附香港船載回

二十日晴

美總統定於明日巳正赴印地挼拿保利士埠約二十二日辰刻可到挼二十二日爲各員公舉官員之日總統意欲親身投籌保

舉人材是晚卽啟程回華盛頓云　因謹按三代以下當國之君亦有收拾人心之事大抵損上益下施惠及民耳未聞以筋力爲禮也美總統可謂勞矣其意在聯任乎

二十一日晴

金山二十日電云柯順匿輪船由橫濱至埠接日本大阪電報謂中國兵船兩艘由釜山往仁山距仁山約一百八十里猝遭大風以致受傷又言俄國頗垂涎朝鮮云　因謹按俄覬覦歐洲歐洲諸國合縱以拒之遂致力於亞洲中國新疆蒙古黑龍江伊犂地方節節與俄爲鄰朝鮮尤爲扼要之地日本尤與朝鮮鄰近俄人蠱惑朝鮮將來恐有齟齬之事日本介乎兩大之間不與中國脣

齒相依朝鮮入俄日本豈能安枕惜其予智自雄不親所當親而與中國存畛域也後必悔之　丁韙良來見言外部今日事冗可見不可久談請於明日巳刻來可以久敘從之遂未見因來辭行云明日見外部後卽乘火車往巴藍埠赴友人之約改日卽返費城

二十二日晴

二十二號報英屬域多利有華人三十二名附船至美之匹珠桑埠爲該處稅關查獲又送回域多利而英稅司須每名納稅五十圓方准入境是以美員仍押回美由輪船撥回中國　同日新公司帆船庇釐戾由金山赴香港載華人七百名華婦十名可見華

人之回中國者多矣　午刻往送丁軆良行丁軆良已見外部矣

二十三日晴

新報載威海衛爲遼瀋之咽喉聞已與旅順口大連灣均築礮臺駐重兵惟金州地方寥闊海口平衍明時日本兵犯遼東曾由該口泊船率師上岸明永樂間曾設城堡立烽火斥堠現聞李傅相深謀老算防患未形已派員勘地繪圖興辦守備如能集事奉天吉林鎖鑰嚴固矣　因按外洋各國留心武備善於偵探中國如慎固封守無隙可乘亦可以消其侵陵之志是不戰而屈人伐謀於先事也

二十四日天氣轉寒晴

酉刻總統囘華盛頓知今屆所舉南黨議紳比北黨多一百二十人尚不止四十人也　因查美自南北交鬨後兩黨隱如水火南黨人數多於北黨故下議紳獨多議紳多而權遂重此南黨之所喜而北黨之所憂也現總統爲北黨其有戒心乎

二十五日晴

中國山東鑛務局在美國鉢崙埠購置開鑛機器一副計銀十四萬運囘中國　北京輪船由香港來美之金山搭客一百二十二人洋煙一百六十二箱照美國新定之稅納稅六千六百四十二圓云　因按美國不禁洋煙入口而重其稅何也蓋禁其入口則偷漏必多是有弊而無利也重其稅者即於不禁之中寓禁之意

焉日國之收呂宋票稅新金山卡拿大之收華人身稅皆此意也
從前廣東闈姓賭博大吏以征稅爲失體不收稅而嚴禁之粵人
乃徙博局於香港澳門縱賭如故此明徵矣外洋無軍徒鞭撲之
刑均以監禁罰鍰苦工代之不僅省養囚之費而且資其力焉其
亦有當以人治人之道乎

二十六日晴

紐約來電云美廷購銀甎以備鑄銀錢之用茲兩月内已購得一
千零五十萬兩可敷鑄錢矣　美國兼些士埠出產牛羊運至墨
西哥國出售墨國稅關收稅甚輕現因美廷更立新章於墨國進
口貨物加抽稅額墨國亦效之新定稅則於美國入口牛羊每卡

稅銀五百圓以報美國之重稅美商苦之　因查墨西哥爲墨洲小國弱而又貧與美接壤如美與開釁美之兵隊可朝發而夕至其邊也乃於美加收墨國之稅者墨亦效之以加收美國之稅美固無奈何也稅則者固國之內政而應由各國自主也

二十七日陰

安徽省哥老會匪與客民糾結爲奸日深一日　因於光緒十四年十月會經奏請查辦以安閭閻奉

旨發交兩江總督安徽巡撫辦理茲家鄉來信七月間哥老會匪於皖南石埭縣地方潛謀不軌經皖南總兵史宏祖立派馬隊數百名馳往勦辦當郎拿獲唐玉狗等嚴訊供稱會首頭目周子意

窩留村民汪啟元家業已逃走當即將所獲之匪解省經巡撫沈審訊屬實一面出賞格嚴緝務獲嗣於八月間在江西所屬地方鄱陽湖拿獲周子意及其妻九月初二日解省初九日並夥匪鄒老三二名與周子意共三名正法安省皖南地方當可暫時靜謐惟會匪之首領必須拿獲方可太平耳　墨西哥國參贊來謁該國志在立約招工因以總理衙門不願立約已屢次婉辭惟聞華民之潛赴該國者已多利之所在人爭趨之將來必至如美之立例苛制前任鄭大臣謂不如於該國欲招工之時因其勢而先立善法較易就我範圍其言未嘗無所見也　昨日中國來電謂太平府火藥廠失慎全廠炸毀焚死工人三百名

二十八日晴

義大利公使來函今日巳刻送哥士答力戞國代辦參贊發引即借何繙譯赴約各國公使到者約得半美外部到派馬隊一百名送葬戎服列隊於門外以待　美國報言中國武弁礮員十一人有德員帶領至德國依勝城克虜伯礮廠又往基路城水師署遊覽足見中國之留心武備矣　因嘗聞德國駐美公使言以前中國所派學生至德國武備院學習陸軍陣法甫屆三年乃又欲入兵船學習不知陸軍之奧妙進退縱橫疾徐開合學之十年尚不能盡德國之民凡學習三年而出院者不過爲當兵計耳若爲統領者則終其身寢饋於中未敢舍而之他故陸軍人員每全不諳

水軍之事者其心專也因憶其言因附誌之

二十九日陰夜雨

接上海包封北洋言禁高麗借欵詢金山遷徙唐人街事南洋咨請驗云者斯德廠槍彈事　地皮公司來謁言中國時事越南已歸法緬甸已屬英琉球已入日惟美國守不貪之舊訓與中國無猜現在可虞者俄人有意於高麗吉林英法生心於西藏滇粵中國當自強以防之　家鄉來書言皖南廣德州西鄉有哥老會匪結盟聚衆經地方官帶兵擒獲頭目一名並獲窩家搜出僞照盟單各件因於光緒十四年十月曾經奏陳惜地方官不能早殄萌芽以至蔓延爲可恨也

十月初一日雨

聞俄國欲佔高麗西北境之某地時英國駐紮日本之戰船名鄰打極斯文即已奉令發煤俟得令即起椗嗣又聞俄所佔者爲乾慶道尙非扼要之地而英國駐日諸兵船均嚴隊以備調動又聞美國欲租巨文島以積煤云　因　按俄覬覦巨文島而英力爭之非所以納交於朝鮮也非所以要譽於中國祇妒俄之益其強耳英於北海無屯煤之地而俄人得巨文島則英兵艦之力將不行於北洋是俄強於英矣歐洲有約不許俄之兵艦出黑海而俄乃於亞洲得屯煤之島是日本朝鮮一帶將讓俄威令獨行矣全力

爭之此英之勝算也

初二日陰

美商言中國每年入口煤油約值銀二百萬兩由美至者居十之七八聞英員由直隸至山西陝西遊哈什噶爾有日記記之廣東創鑄銀錢通行商民便之　因查銀錢通用外洋之擅其利者百餘年前此呂宋本洋至以七錢三分之低銀當中國之銀八錢有零民間因其行用之便不折色不短秤故也中國自鑄銀錢其庶幾不爲外洋專擅乎

初三日晨起霧重至不見人

金山華人分黨自相戕殺九月二十四日至二十六日連戕三人

已飭領事示禁　墨洲合南北中共十七國擬公築鐵路一條以相聯屬先派員查勘而後興工其經費按版圖之大小分派美國應派查勘之費六萬五千元總統已飭議院核派矣　因查墨洲合南北中共十七國其能自立國者南惟智利北惟美耳其餘皆小國民數少而武備未修近日英人多強佔其地故有戒心合全洲而造一鐵路將聯墨洲各國以防外患之乘也

初四日晴

撰小呂宋設領事條陳赴美派駐巴西公使江嘉處道喜　俄國撤馬兒罕鐵路造成又增至塔什干地方法人於越南開礦得洪基煤寶煤礦出煤甚多每日可出五十頓再過三月漸次開闢每

日可得五百頓云　云者斯德廠兩次來電請驗軍器覆以明日起行越日開驗　巴黎來電議院訂來年水師經費謂船礮不必過巨礮之三十頓者可穿現在兵船鐵甲新造兵艦每點鐘可行十八米云計中里六十里　因按船礮之力只求可以破現在之兵艦此以船攻船之意也義國之鐵艦其用百頓之礮者亦不過能破現在兵船耳故法之水師無他求也若俄之克龍斯達的礮臺其鐵甲厚四尺八寸雖百頓之礮亦無以破之此其所以雄視歐洲乎

初五日晴

卯刻起飯畢乘馬車赴火車廠巳初開車隨帶繙譯武弁共三人於未刻附輪船過海峽乘馬車至紐約飯後戌刻眠　美國商人

與華人合夥運木板至中國出售此事若成又奪中國之利矣

因　查自洋布洋紗入中國而女紅失業自煤油洋燭入中國而東南數省之桕樹皆棄爲不材自洋鐵洋針入中國而業冶者多無事投閒所以然者外國用機製故工緻而價廉且成功亦易中國用人工故工笨而價費且成功亦難將來木植入口中國之地産又多廢棄矣

初六日雨

卯初起辰初飯辰正坐馬車起程赴火車棧云者斯德廠主已派一人導引由火車至紐海飛地方約三百餘里又換馬車行七里至廠廠中司事三十餘人工人一千餘人當即查槍箱刀箱彈箱

提出數箱開驗此槍係一管而入五錠可以連環而發五錠盡出再入五錠尙爲靈捷設靶於一百碼外五彈均中易槍亦如之自午初驗至申初所驗已多當將已驗者另作二箱黏封封固遂入客棧飯畢仍乘馬車至火車廠赴火車至紐約又僱馬車至領事署飯後已戌正矣隨僱馬車至火車廠亥初開車寅正到華盛頓車廠俟至天明始回使館已辰初矣　調金山領事署隨員黎榮耀至華盛頓

初七日晴

前日至紐約見大街兩傍上有輪車來往詢之巡捕方知紐約地方街衢來往人衆街不能容故於離地數丈之上建造鐵架與屋

項齊即於其上行駛街車以免擁擠英國倫敦京城則於地下掘深六丈建造鐵路以備輪車行駛且用電燈光明如晝其經營可謂巧矣皆所以便民也

初八日晴

接云者斯德廠信並單其中尚有游移之語函令改正　接北洋信即發書至各屬令辦直賑　美國戶部椓自上年七月一號至今年六月三十號止此一年內共入欵計四百零三兆九百八十二元自開國以來祇有兩屆多於此數較之前年多入一千六百零三萬九百二十三元查此屆一年之內出欵共二百九十七兆七十三萬六千四百三十六元除正用外尚餘一百五兆三十四

萬四千四百四十六元又支二千三十萬四千二百二十四元收囘國債之票仍餘八十五兆有零　因查四百零三兆合中國之銀三萬五千萬有零較中國入欵蓋四倍矣

初九日晴

金山華人自相殺讎致美國派巡捕緝拿恐釀事端急發告示令總領事設法解散以期安靜　聞美廷此次東省之官多爲南黨緣北黨去年新議加稅不便於民故舉者少也　亞巴連埠又創驅逐華人之例並不許華人經過當晤外部告之　因昨閱美國戶部出入之欵因思中國今年洋關稅欵所入不滿二千萬兩入口之貨值銀一萬一千九百八十八萬餘兩出口之貨值銀九千

六百九十四萬餘兩兩比仍漏出銀二千餘萬兩當思所以挽之

初十日晴

卯初率參贊繙譯各員朝賀晨設壽麪晚設醼　檀香山公使來見訂兩國立約答以務將貴國旅居華民加惠以待但使華民安業自然可議現尚非其時也　因考中國究心礦務開平基隆均開煤礦尚屬有利近聞直隸因水災開平鐵路被折基隆煤礦出煤甚旺而法人於光緒十年攻臺灣時焚燬煤油五百箱延及煤礦至焚去煤一百餘萬頓迄今尚有餘燄皆可惜也

十一日晴始見薄冰

謁律師並答拜檀香山公使該公使頗肯保護華人居心甚厚

英人施旦來前至阿非利加洲之內地工頟紅地方與野人共處施以教化教以開墾阻其讐殺久之相安遂以該地爲省分以施旦來主之今年回英英之君臣皆敬之迎迓有加禮焉完婚後擬卽挈眷以往聞其地曠土有八十萬英方里較之中國輿圖幾有其半可謂廣矣　因查地球四大洲近澳大地亞亦稱洲則爲五洲亞洲闢最早歐洲次之墨洲則三百年前猶混沌也澳洲則二百年前猶混沌也阿洲則現在猶混沌也曠土至八十萬方里豈石田歟抑無人開墾耳然則留天地不盡之藏當以阿洲爲第一也請誦山樞之詩

十二日晴

美國水師軍械所今年華盛頓礮廠造成四寸徑者四尊五寸徑者兩尊六寸徑者七十七尊八寸徑者十五尊十寸徑者四尊共造而未成者四寸徑者十二尊六寸徑者二十五尊八寸徑者二尊十寸徑者三尊現又續造十三寸徑者又擬造新式機器礮爲陸軍之用以後膛來復綫爲主　華盛頓所屬之阿比典埠來電言該埠之華商於本月初三日被土人驅逐出境不准稍留其業經出境者已有二十人矣　諮律司照會外部

十三日 晴天氣轉暖

中俄陸路通商去年入口之貨値三百五十萬羅卜合中國銀二百六十萬兩中國出口往俄以茶爲大宗本年已遜於前二年然

亦値八百餘萬兩蓋出口多於入口幾三倍矣　聞越南歸法人保護後法國設關於各口征稅華人至越南者每名納身稅五元以後按年照納至出口時又納三元近以華人到越日少又改爲有法領事護照者可以免納但須按期出境否則仍納身稅

十四日晴

查歐洲之教有三入羅馬教者一百六十兆人入希臘教者八十三兆人入耶穌教者八十五兆人又回教五兆人猶太教五兆人英本國之民只三十五兆合屬地計之則多日斯巴尼亞在一千八百八十四年人數十七兆二十六萬人　西藏距京都一萬四千餘里其境極西之阿里南地方距中印度僅二千餘里英人旣

得五印度竭力經營東南之緬甸英已顯踞之矣近又請於中朝於西藏通商將來由緬甸印度兩境以窺藏中國之兵力鞭長莫及英則聲勢相通當綢繆未雨也

十五日晴

接云者斯德廠信所售槍彈尙不肯具結已再發函矣　十二日新報云法國所造新式兵船名吟那脫能在水底駛行極爲靈便法廷擬照此式再造大者一艘現在之船長一百三十英尺外有厚甲水面水底惟所用之均可攻敵　美水師部大臣諭管理船工事務司員須籌善法令兵船鐵甲緊貼船身使爲脫落查兵船鐵甲每塊重四十頓令其貼緊船身殊非易易該司員商議未得

善法擬訪查各國船廠然後興工　聞英屬新金山等處設立章程凡華人入境按名納身稅一百圓其意欲使華人畏而不來也華人仍陸續而到該地土人亦無如何現計華人僑居新金山各埠者已有四萬人又有在打士米尼亞與紐西蘭兩島者約四萬七千人查此兩島地面不大而華人之到者如此之多可見中國民數之衆也　因查華人之至美國也由廣東至英屬卡拿大需船價銀五十兩入卡拿大境又納身稅五十圓再由卡拿大潛入美境其費稱是蓋較新金山爲尤多矣而源源而來禁之不絕者則以有利可圖也

十六日　晴是夜大雪及地而化

致南洋會信爲購槍驗槍事　去年英國出口鋼鐵四百十餘萬頓可見礦利之盛　蘇格蘭新造鐵橋於佛德河約長三十里爲地球至大之橋計費銀一千二百餘萬云　日本於一千八百七十九年商務之利只六十兆今則一百三十六兆蓋已倍之　南花旗瓜的馬拉國新用電燈而煤油入口已減一半中國似可效之　和國君薨英俄法三國恐德國之併其地也遂聲明共保和之土地云　因謹按俄皇與德皇時時爲衣冠之會而德皇又常赴英正不僅周禮所言歲相問頫相朝矣且英與法嘗合以伐俄矣法之拿破侖第一又嘗屢與俄英劇戰矣乃於和蘭君薨之時則合法以防德非有所愛於和蘭也蓋歐洲各國之於强國陽則

親之而陰則忌之其親之者以其強其忌之者亦以其強也和與德爲鄰德之易併者也和不足惜而德併和則德愈強而足忌此三國之所爲合以防之也吳起之言曰吳越世仇也當其同舟濟而遇風其相救也如左右手此之謂也

十七日晴

美國加力輪船由太平洋來聞中國鎮遠兵船觸礁傷底船頭亦壞幸駛到岸擬開往上海修治云　美國新定稅則收取華人入口日用之物征稅甚重當飭金山領事詳查　是日總統訂於亥初見巴西國水師提督遂並訂見各國公使　因於戌正三刻偕參贊繙譯等乘馬車至總統宮各部臣已到各國公使陸續而到

總統至偕其夫人立門內外部立總統之左首巴西水師提督率兵官先入門握手爲禮墨西哥公使繼之又因率叅贊以下繼之皆握手爲禮遂至堂中見朝鮮使臣日本公使墨西哥公使並郵政部大臣總察院律司均作周旋並遊觀前總統華盛頓及其夫人各畫像禮畢而退返署約子初

十八日晴冰不解有霜始發火爐

美國駐華公使來電云中國已定由京設立電綫直達俄國之西比利亞省之企阿克他即恰克圖地方該地係蒙古北界　外部訂於午刻偕同各國公使及巴西國水師提督乘小輪船往觀華盛頓之墓並定挈眷屬因一人往日晡而返　因按巴西國在南

墨洲土地之廣與美相埒開闢年歲與美相同乃民數僅十兆而常有內難則以治國者之無人也美得華盛頓手定章程不百年而國富至四十倍宜巴西提督之欲瞻仰其墓也

十九日晴

拜發請禁呂宋票密摺　俄國近見華人與朝鮮人之居於烏蘇里邊省者日眾喧賓奪主擬加重華人及朝鮮人身稅而招本國人往給地令與耕　因查近歐洲各國人民來美者光緒十五年比十四年少十萬人然自光緒八年起已減於初矣去年來美者德國約十萬人英之三島約十四萬人那威瑞典約四萬五千人自光緒八年起至十四年歐人之來美者計十四兆其中英人四

兆德人四兆半瑞典那威八十萬法國三十五萬而埃爾蘭一省之人已三百五十萬然則華人之來美者較之歐洲諸國微乎微矣

二十日 陰天氣轉暖

十八年爲中美約十年之期兩國或須商訂因密託美紳覓美國與歐亞各洲所立之約預屬繙譯譯出以備將來換約之用蓋以中美條約有一體均霑之語他國所得於美者中國亦可言也

聞

醇親王疾尚未痊山東巡撫張曜已奏派淩某入都診視惟祝天祐宗親早占痊好實爲普天之幸 南黨勞完昔曾充副總統練

達老成今年七十八歲祝壽者盈門南黨之到者尤多因亦躋堂稱賀焉

二十一日 晴天氣又轉寒是夜大雪至地而化屋上稍積如霜

昨日美國已開議院當即擬照會外部文藁與律師商酌故至律司處面議一切 日本議院亦於昨日開議日君親臨議院宣諭新充上議院長者即子爵伊都前曾爲相日本之變革本國規模一仿泰西即該員創之也 俄廷現招徠其民赴土耳吉司丹地方此地與中國新疆毗連 開墾緣本國地曠民稀恐中國或土耳其國開釁則鞭長莫及故擬造鐵路直達西比里亞之東偏各省以期聲勢聯絡云 因揆此路若成中國銷茶可期暢旺而邊務亦嚴矣

二十二日大雪至地而化屋上約二三分厚午刻雪止

美國開議院午刻下議院紳到院者二百二十七人聽總統宣諭之外議紳並無別議上議院紳在堂中聽諭者祇數人其餘均在堂外聚談、因居美國兩見開議院矣將開議院之前十日美外部分送各國公使准入議紳憑據一紙可持之以入一擴聞見意至美也院式圓空其中環而坐各有案紙筆均備有所見則書於紙刋於報示至公也無酬應之煩囂雜之習拘束之勞寬其禮數而實事求是華盛頓誠人傑哉

二十三日晴

前亞墨利加南北兩洲派員來美會議以爲今日防患興利之務

莫如合南北兩洲造一鐵路通聯各國爲一氣各國均以爲然茲聞各國一律派員至美訂於今日至外部衙門會商一切　金山稅關新立章程於華商回華重復來美之照必由洋人簽名而簽名之洋人又須親到衙門洋官處發誓擔保方足爲據云　繕照會一道照會外部爲詰問苛禁華工之例也

二十四日陰天轉暖

下議院紳專理各國人民入境者名奧印新倡一例凡他國人民入境或以犯上之道害於人心風俗或無所倚賴以爲生計或有狂疾此三種人未來者不准入境已來而出境者不准再來又不准輪船公司招誘他國人口來美做工惟巧匠工藝爲美國所未

有者准其來美但須先立合同　俄國報謂一年所收酒稅計二百四十五兆羅卜合中國銀一萬四千餘萬兩又新闢荒地種糧每年多收糧九千餘萬石　因查俄地苦寒而商務不盛其入欵每年亦至銀三萬萬餘兩者則以取於民之法全仿歐洲故也其國勢偏重於歐洲故風氣於歐洲爲近觀其所收酒稅雖未必實然亦可見其大略也

二十五日陰

律司科士達來見言墨西哥公使因聞中國自鑄銀圓欲見其式樣請寄大小各一圓示之　因按墨西哥國前屬西班牙時中國所用銀錢名本洋者皆該國所鑄計自西歷一千五百三十七年

至一千八百二十一年所鑄本洋約二千一百五十一兆自一千八百二十年後墨國自主至一千八百七十八年每年約十六兆又至現在則鑄鷹洋每年二十五兆共計四千二百四十七兆合中國銀約三十萬萬兩其奪中國之利甚鉅矣

二十六日　雨雨中夜大雪

俄國現在黑海所造兵艦今俄廷諭令趕速造成又多置造水雷船云　廣東黃埔船局前已造成廣戊廣己兵船兩艘今年又造成廣玉廣金兩艘均係鐵脅鋼皮馬力五百匹左右配以克虜伯礮每半時行四十餘里風氣漸開我

國水師漸可恃矣　因 按各國大興海軍增造兵船茲將光緒十

六年後此四年中所造戰艦合以前計之英國重鐵甲七十六艘輕鐵甲九十艘法國重鐵甲四十八艘輕鐵甲十四艘德國重鐵甲四十艘輕鐵甲十艘俄國重鐵甲二十七艘輕鐵甲八艘義大利國重鐵甲十九艘輕鐵甲十七艘美國重輕鐵甲合之共一百四十五艘

二十七日大雪約厚二寸

謁議紳好德言及中國謀國者欲加洋藥之稅良具苦心而不能強英之從也洋藥一項英國獨擅其利而中國大受其害民爲之弱俗爲之貧英國每年售銀四千五百萬兩當中國禁種罌粟之年則增至五千四百萬兩中國雷厲風行禁種罌粟而英人暗喜

子以爲何如也因曰禁種罌粟一事或以爲宜或以爲不宜辨論紛紜各執一説嘗於大庭廣衆之中有質疑於因者因以爲中國宜禁食而不宜禁種也以禁種爲宜者則曰禁種卽所以禁其食耳因曰子以爲禁種則無可食耶印度之洋藥入口者已增至値銀五千四百萬兩矣子以爲再無可增耶其人再欲有言因乃直詰之曰英國禁食而不禁種中國禁種而不禁食二者孰爲失算其人乃無言以對夫洋藥者乃中國一大漏巵既不能禁外國之來又不能禁民間之食惟有聽其自種以塞漏巵將來亦如煙草耳煙草之初入中國明代始亦嚴禁而終不能繼而自種今則遍地皆煙矣然則欲除洋藥之害以禁食爲第一上策以禁種爲第

一下策以加稅爲不得已之策以聽其自種爲塞漏卮之策如是而已該紳亦以爲是

二十八日晴

昨日金山來電云檀香山國王業已到美其來非僅爲遊歷也聞國主以該國之民心屢變控御爲難而慕美國之政治故特至美與美外部面商擬將該國版圖售與美國爲安全之計查檀島出口之貨以糖爲大宗其運入美國者計二百餘兆磅合中國二百六十餘萬兩美國新定稅則本國所產之糖每磅減收稅銀二分如檀島改爲美之屬地則糖稅每年可減五百萬圓但不知美廷願受該島否

二十九日大霧

紐約新報云近來各國大興兵輪以新易舊其評論水師者或以兵船之多少爲衡或以船身之大小爲斷其實不足憑也蓋新式兵輪與舊式者相角其用大殊其力或一可敵百新式之兵輪其益有五能容萬頓一也護礮之甲厚至一尺六寸二也船身之甲全用鋼板三也半時辰行至五十中里四也入水未久船料堅固五也由此而論則各國水師之力可較其短長矣今天下各國之水師當以英爲首法第二義第三德第四俄第五美之新造一萬頓厚甲者三艘一千頓厚甲巡海者一艘此四艘者造成然後可居第六日斯巴尼亞第七中國第八惟中國尚未得法雖有堅船

尙無把握日本之船不如中國而布置駕駛得宜如中日交兵中國尙難操必勝之算也云云　因按該報所言地球各國水師形勢瞭然然亦有不可盡信者德之水師實亞於義義之水師不過旦大羅杜意留二船其礮係一百頓者爲各國兵船所無耳至謂日本之水師布置得宜直是阿其所好以日人之盡棄其法而學西法且又屈節足恭於各國如是而已然我

國之柄政者聞之藉以自省益可以自強矣

三十日　晴是夜大風如吼

美紳楊約翰前曾充駐中國公使現在倫敦報館當初因出都過天津時大學士李曾面屬因以該員應與聯絡以期交涉有益因

過天津曾造其廬則已赴倫敦今年來信一道歉意
茲又來信言已續絃並於今日到華盛頓訂午刻相見 因援客敬
主人則先拜主人之禮先偕繙譯往謁寒暄既畢言及時事該紳
謂中國既興海軍又興鐵路富強有基將來定爲亞洲望國矣 因
因言美國禁制華工殊失交涉持平之意該紳謂此工黨之意當
路徇之該紳又言美國新訂加稅則例須行後銀行既多累歇民
怨沸騰茲聞外部調駐墨西哥之公使回美想因新例既行墨國
礦產入美既須加稅墨國即照美國新例亦設新例以報美國凡
美國之牛羊入墨國口者一律加稅以致美國牛羊不能行銷故
調回籌商善後之策也 因言中國之所以報美苛待華人者其

事甚多中國將來亦當行之楊約翰無言遂散

十一月初一日 大風晴

倫敦來電云祕魯國債共五十兆計五千萬圓向以所產鳥糞爲質自爲智利所敗與智利立約所有鳥糞之地概爲智國佔賣債主多英人故英廷與智國理論智廷許以鳥糞之地暫還祕國十年先淸國債昨已成議前此之遷延未成者以有法人從中作梗也今由美商格黎士說合矣 因查光緒十年間中國以智祕之戰華民傷亡損失財產曾託美國駐智公使勞覲代向智利外部索償智利外部云華人所業有體面者甚少衆所共知無論性命財產遭沒於智人之手者爲數亦屬有限不允何其直截今乃以

已據取之鳥糞甘讓英國十年又何前倨後恭也豈非懾於英之強耶

初二日 風止晴

美國會士委省茵陳地方有揭竿爲亂者美廷已飭埃侖埠之帶兵官率所部三百一十人往勦又派員司圭也等至金山查華人之工作營生者有無攙奪土人之利今已查回言土人間有失業者實被華人賤價所妨云云 因謹按自英美之洋布創行而中國之織者失業自英美之輪船創行而中國之舟人失業自美國之煤油入華而中國之榨坊失業自美國之鹹入華而中國之工藝失業中國之失業者多矣此數萬人之至美而致土人之失業

者未及萬分之一也美廷何以如是用心之深耶其亦爲我中國一思焉否耶

初三日晴

楊約翰來見談及議院前派上下院紳分往各處地方查考外國民人來美情形以便設法整頓整頓之道以禁止華人入境爲最要茲上議紳司圭也稱華人到金山准否登埠之案臬司斷得不准者只百中之五實因華人形貌相似巡捕難爲辨別又稱華人由英屬加拿大潛入美境者甚多該地與美之北界毗連戍守之兵甚少防範不周如欲禁華人來美須撥巨欵添兵防守此陸地也又華盛頓省之西北海口名飄折者小島甚多華人近多由此

而入應撥快船巡查海面方可防閑現在美國禁華人入境之例
雖嚴而行之不得法故無效耳此外只作寒暄語

初四日晴

昨日美國駐華公使來電云中朝奉
上諭准各國駐京公使每年覲見一次云嗣又得總理各國事務
衙門來電較詳當即分行照會美日祕各處　美國駐巴拿馬領
事代理華人此次巴拿馬埠土人謀逐華人聚衆千餘人沿街呼
嘯華商盡行閉門其勢岌岌當電託美領事阿丹信向該埠總督
言本領事有保護華人之責今土人謀逐華人貴國何以不問如
不禁止本領事卽電本國立派兵船來埠該總督謝過不遑立卽

撥兵彈壓槍斃土人數名遂得相安因既作書謝該領事及照會美外部道謝

初五日陰是夜大風雨

英國倫敦日報云俄國已向法國定造來復槍五十萬桿訂明十八個月一律交足　或問地球各國有欲與俄啟釁者乎因以爲無有也或曰法之拿破侖以及英法義奧合縱之舉非用兵於俄乎因曰拿破侖第一伐俄俄人焚木司科城法人幾於匹馬不返英法義奧伐俄之舉終不得志自時厥後遂無加兵於俄者矣德人嘗言以兵伐俄俄地苦寒所運之糧僅以供守鐵路兵弁之用不能濟戰兵也然則俄地之險誠不止秦關百二也曰然則其修

武備如不及者何也曰不如是不足以肆其蠶食也

初六日 大風排闥樹枝多折大雨為風所激射玻璃窗如鏑窗為之裂者甚多未刻風雨止見日影夜雨

法國軍制明年陸軍兵官共一萬二千二百七十八人內總兵官一百九十人副總兵官一百九十九人游擊一千零四十七人千總四千一百六十人把總三千六百六十一人副把總三千零二十一人 省報載各國准於來年西五月二十號在奧都公議郵政章程美廷現已派定人員前往同議云 因謹按郵政一事中國不可不早議也蓋非惟國計所在而國體亦存焉中國郵政屬於官每年費公帑三百萬而驛遞之遲驛政之弊不可勝言美國

版圖不若中國之廣民人不若中國之多而歲入至五千萬焉此國計所存也中國寄外洋之信因未與各國郵政會至不能通於是上海則用日本之士旦焉各國寄信以小印黏封面謂之士旦廣東福建則用香港英人之士旦焉夫古巴之所以用日斯巴尼亞之士旦者以其爲日之屬地也中國因陋就簡苟且爲之而不知其於國體有礙也光緒九年十二月美外部來文云華商來美金山稅關查出書信七八千封又三千餘封又八千餘封均以不黏士旦議罰經鄭使以中國驛務詳告之得不至罰而書信二萬封均沒入矣夫中國不設士旦中國之自失利權耳而外國且苛待之是幷礙國體矣故於各國之會議郵政附誌之

初七日　雨辰初見雪遽止

金山領事左庚來稟言美國所派議院三人云查金山民數實係專查華人該議院紳至金山寓九層樓客寓金關稅司晉接後卽攜巡差到唐人街看驗查訪次日在合衆衙門先傳稅關人員訪問無不詆訾華人巡役名白話得言華人自六會館以至商工無非下流應請一律驅逐出境又傳中國副領事傳烈祕到堂訪問傳領事則爲華人辨白越日又傳六會館商董到堂問六會館之意何居華人果否皆作奸犯科商董亦極力辨誣次日議紳遂啟行回華盛頓　因按美國之視華人如此其議紳所詢如此處心積慮彰明較著欲其廢棄苛虐新例不亦難乎　祕國來信新派

嘉西勒士爲駐英公使卽祕之前任總統也　美國議院議派員赴阿拉司屆屬邦振興地利查阿拉司屆係美國前所買之地爲捕海龍起見此外無所欲也買得後始知鑛產極旺地又近水太平洋輪船來往所由將來開採旣易運費亦廉其利溥矣

初八日晴

美國紐約城商民因銀根緊急均提存欵以至市面急迫銀行紛紛倒閉幸政府籌議開帑出現銀一千三百餘萬兩目下商人漸漸見信云　美兵部大臣卜絡大昨日以條陳交上議院謂太平洋一帶地方宜擇要地設一礮廠以備海防軍火之需需費一百四十八萬四千二百圓請議辦云　上議院紳宣文遞一條陳請

立一例凡新增稅則與各國條約有不符之處免照稅則而行因按此當係暗指英與墨西哥檀香山而言英墨檀各國以美去年所定之稅價有煩言相與立例報復美自知其窒礙故爲此模棱語耳　德國南鄙有信云俄國於波瀾仍復如前增兵德國兵部大臣因令東方各省凡二旗守兵之處各加一旗以備不虞

初九日晴

德國水師有大鐵艦二十艘小鐵艦十五艘大巡船八艘小巡船十艘尋常巡船四艘礮船三艘練船十艘兵船九艘共十八萬九千七百九十六頓汽機馬力共十八萬七千八百九十匹礮共五百三十三尊官與兵共一萬七千八百六十員名　天下各國電

綫之長短十五年底爲止已有一百六十八萬九百英里之長可
環地球赤道三十次

初十日 晴陰天氣轉暖不能著棉

英人於美之祕林地方漁捕海龍美外部之意謂祕林海面應全歸美管轄他國不得過問英外部則謂祕林四岸不能全屬美國西岸一帶地方本屬俄也按萬國公法海面歸美管轄者不過十里之內而已兩國齟齬英外部以爲當請局外之國秉公判斷而美外部不從美總統擬即將兩國往來文案交議院議之 阿非利加一洲荒土最多現英法德比各國已於其地設局開墾俄人亦於土耳其所屬之亞弭尼亞地方開墾云前此之未能遽開者

鐵路未成故也今其時矣
十一日晴
卯刻起盥洗拜
牌行三跪九叩禮繙譯二員未到是日早設饌晚設醮　聞英國
數十年前擬定章程每年以銀二萬磅爲鼓勵人才之資凡有獨
出心裁有益軍國者賞銀六百兩從此英才輩出國勢日以富強
地球五大洲墨洲鐵路爲最多亞墨利加洲之南自東海至西
海鐵路長二千七百餘里其地山最多而亦最高歐洲鐵路所經
山之高者不過五百七十五丈而墨洲之山有一千餘丈者且其
鐵軌之尺寸不同故火車不能直達由於未通盤籌畫也北洲鐵

路自東海至西海已有五道其最大者長一萬餘里墨洲之勢南不敵北觀於鐵路而可知矣　英國有一鹽地有十一見方英里鹽厚七十尺每畝有鹽二十萬頓所有之鹽足供天下八百年之用云

十二日晴

俄奧兩國現在堅持前說不認巴西爲民政之國緣俄奧之君均與巴西前王至好故俄王聲明巴前王一日尚存斷不認巴西爲民政之國也　新報謂德國陸軍新式之礮全是鋼質每尊重八百四十磅比舊礮較輕矣查舊式礮重九百磅益以礮架則三千九百六十磅新式之礮連架只二千七百磅是已輕一千餘磅矣

新式裝彈之車每乘重三千九百八十磅較舊式之車重四千四百四十磅者亦輕四百二十磅矣　因按陸軍以進退便捷爲勢礮與車均輕自能趨利乘便德之陸軍所由甲於地球也

十三日晴

美國向規於是日投贈珍物以聯縞紵之歡因備湖縐熟羅四端磁瓶一對繡花絲巾一盒送外部布連又備綢縐磁器茶葉等物分送律師及上下議紳　初十日報云法國議員正當查詢歐洲各國水師強弱情形不意查出本國水師辦理不善之弊緣德奥意三國前年同盟互相保護意在西制法東制俄其兵船於一千八百七十年合計一百九十艘但計至一千八百九十五年則可

期有五百五十六艘該三國自一千八百七十一年以來整頓水師共費銀七百兆圓計七萬萬圓及查法國兵船在一千八百七十一年共計四百零五艘至一千八百九十五年可期二百九十九艘蓋自一千八百七十一年以來法國爲水師軍務所費之欵共計九百兆圓矣　謁律師科司達查訪美國派議紳至金山查各國人民果爲何事律師謂此非定例然議院可創行其查各國人民者防有逃犯病狂之徒干礙昇平之局也又詢美國稅則新訂何意律師云此中有報施之意有保全出產之意所謂報施之意者如美國新訂糖茶加非牛皮此四宗入口免稅凡產糖茶各國固得便宜矣但必將詢問所得便宜之國何以相報如有以相

報則照新章免稅以優待之如無以相報則卽獨收該國一國之稅此物此志也所謂保全出產之意者如他國入美國之貨多則美國自產之物滯卽加稅以阻其來近來限制華人及前此增收中國所來米綢各稅卽此意也

十四日陰是夜大雪

美國以是日爲耶穌生日故自總統以至庶人均停理事總統新派布郎爲合衆國總察院此公持論夙稱平正察院得人矣　西班牙來電日君有諭增修稅則并派員與與國重訂通商條約

日本西京海口十年以前交易只銀一千萬兩去年已增至三千萬兩又日本與泰西更換之約只准西人雜居內地不准購買地

段

十五日大雪至辰刻而止

上議院紳密組新上條陳請議院飭專管律例之員詳細查議限制華人之例當限至何年何月一節議院近以未便即議須俟後日覆之　法人攻佔越南其弁兵皆以越南瘴重而吸鴉片及至返法乃不能除聞沾染漸廣矣　和國欲招華工於蘇門答臘地方種煙德國新闢阿非利加洲亦由駐滬之商人米也稟請招工聞尚未允　外部之友雷德請茶會亥初赴會子初而返見法公使副外部又見前任外部之當差之員極言美國新例苛制華人之不公因領謝之　俄國貸銀一千五百萬磅造西比利亞之鐵

路以為此路成後用兵經商兩便與美國太平洋一水可通云
法國明年將造頭等大鐵艦三艘鐵甲各厚十八寸其造費已核定矣　墨洲合南北十八國議造通用銀錢用資通商之便利均已派員來美公議擬於十二月初八日即西歷明年正月十七號在外部衙門開議云因查外洋各國無不自鑄銀錢所以便民裕國也中國向不鑄致墨西哥專其利者數十年近由廣東省自鑄能推廣之則收回利權矣

十六日大霧申刻小雪而止

昨日巴拿馬來電言祕魯近復不靖緣前爭總統之皮亞羅拉自出亡後即至厄瓜多國以圖恢復其舊黨於本月二號聚於利馬

都城外之山打加打理那礮臺糾眾以謀舉事官兵知覺急往攻擊叛黨接仗被斃四十人各鳥獸散居民驚惶　考近日地球之電綫而知電綫之有益而不可不設也美國電綫七十萬英里法國二十二萬英里英國十八萬英里而屬國尚未計俄國十七萬英里奧國十萬餘英里（每一英里合中國三里又三）　天下最熱之處在波斯西南濱海之處蓋波斯海灣也當西七八月之間無論日夜寒暑表恒在百度以上日中更上至一百二十八度則更熱矣其地掘井至五十丈無水人之所以得生者幸有波斯海灣中泉水湧出不窮云

十七日晴是夜微雪

倫敦來電德奧兩國人民在俄屬波瀾地方傭工者俄廷業已下令盡逐出境　昨日下議院紳到議院者五十人相聚不半時而散定於下禮拜二再議　美人市律遊金山言金山天時地氣均合養蠶種桑擬請美廷興辦蠶桑以收利益　因按美國自華盛頓自主以來國富已四十倍或以爲可以知足爲天地留不盡之藏矣何必竭力勞心日以興利爲事乎而不知此卽美之所由富也耕三餘一耕九餘三古人嘗謀十年之蓄矣美民之用心亦如是耳

十八日　晴遷於西房

俄之黑海一帶地名跋庫又名巴屯向產煤油近年日盛除美國

外當推俄矣又聞比國近來亦產煤油此跋庫地方尤多且近海口印度雖產而不多尚不足供本境之用此近日煤油情形也美產煤油每年一千七百二十萬桶俄則一千萬桶每桶計三百零五斤　郵政局章程寄本國書信無論遠近價値一律自英國訂定寄外國書信無論遠近價値亦一律由德相畢思麻訂定自此以後郵政一而利亦溥矣　美總統謂各國漁船於祕林海捕捉海龍致本國土民生計日絀英之漁船尤多擬一概禁絕英國以爲宜請局外之國公斷美總統謂祕林海係美地與他國無涉不允　因按華人來美美以有礙土民生計而禁之乃又施之於英國漁船可謂霸道并不欲由局外之國公斷焉是專欲矣英國其

肯從乎

十九日晴

歐洲西方五大國若英若法若意大利若德若奧所有各廠各肆所用之女工分而計之英有四百五十萬法有三百七十五萬意大利有三百五十萬德有五百萬奧有三百五十萬云美國整頓水陸軍務於鐵甲槍礮彈子火藥實心考究求其盡善今試驗已竣知其利弊惟於各種火藥之力尚未眞知因查歐洲大國有兩種火藥一爲直力用之槍礮一爲橫力用之炸碎炸藥之性比直力者尤猛茲水師軍械廠新造炸藥名爲挨門乃脫性極猛烈特令華盛頓礮廠造大礮一尊以試驗此藥云 因嘗讀禮記曰命

工師令百工審五庫之量金鐵皮革筋角齒羽箭榦脂膠丹漆毋或不良今之用器雖殊而用意則一也人適於器器適於用熟審於平時庶不倉黃於臨事也能治其國家誰敢侮之

二十日陰

俄都來信俄廷新定則例自明年正月一號起國中田地不准貿賣與猶太人猶太商人前受俄廷優待准置田地以後不准另分畫一地令猶太人居之他處均不許居聞猶太人見此苛例多思離俄云　查各國所開銅鐵之礦按年計價美國値銀四萬二千二百四十萬兩英國二萬二千二百萬兩德國八千四百萬兩巴西四千八百萬兩法國四千萬兩比國二千八百萬兩奧國一千

六百萬兩義國八百萬兩　法國新定入口稅則已經頒示其稅則有二一謂之常稅一謂之輕稅常稅之則以後可以修改輕稅之則則一成而不易凡爲民食之各種五穀其稅有加者有照常者布匹與各種製造而成之物已一律加稅其爲民生所日用之物則一律免稅且有禁進口者云　或曰法歐洲之強國也於入口稅則議加議禁他國不敢置喙焉而不知非也日弱於法何以加法貨入口之稅墨弱於美何以加美貨入口之稅歐洲小國多禁鴉片入口者非強於英也蓋稅則者國之內政議加議禁固可以自主者也

二十一日大霧外國元旦

總統於午初見各國公使外部自午正至未刻見各國公使并備茶點見後卽赴各部大臣道新喜衣冠用行裝大帽　檀香山國王本擬來美都茲已不來卽於今日囘本國矣聞該國有信言國中現在情形英美兩國之人爭欲執政該國君初來美時美廷特派渣爾頓兵艦相迎英人不悅謂該國君之來美實欲與美廷相商將檀香山全島售於美廷美外部聞此言遂止其來美都以免英人之妒也　那威國有測北極者以一木船裝一百七十頓或多至二百頓者特剏其式以禦浮冰帆檣與機器並用半時辰可行六海里可裝煤與糧食足供十二人五年之食好事者助以英金一萬一千磅以壯其行　因按那威地處極北故好測北極從

前曾用輪船於五月冰解時過北極海而返據云至地球北極之地天樞一星當頂電氣至重指南針失準鐘表亦失常度今又往測抑以前次所測尚有未盡者乎

二十二日 小雨 晴

赴各議紳道新喜至律師處商辦事件 美國前議於華人由墨西哥國潛入美境被獲者由國家出船資爲附船送回中國茲由合衆國衙門定例以後不給船資但送回原來之處 英屬卡拿大輪船輪車公司禀請該省總督請改限制華人之例緣限制華人後到者日稀公司生意淸淡也該公司所禀求勿限制華人而所抽身稅五十元則未請減云 因接華人由墨西哥卡拿大兩

處潛行入美美國上下皆知將來又必設法杜之耳

二十三日晴

日本商務局悉仿西法近來船隻年盛一年本年商務較往歲多運貨物至十七萬噸之多附船人數三萬八千之多獲利又增五十三萬圓商務輪船增至十二隻夾板船照西洋式馬力一萬六千六百匹者計一千二百八十四隻本國式尋常之船計一萬七千一百九十四隻水師戰船不在其內商務日旺於此可見　考各國產煤之數英國每年一萬六千二百萬噸美國一萬二百萬噸德國六千五百萬噸法國一千九百萬噸比國一千八百萬噸奥國七百餘萬噸俄國四百餘萬噸　因按各國產煤之多不足

異所異者比國耳比國之地當中國三百分之一而鑛務最重故
鑛產最多日本之地當中國三十四分之一而商船亦多然則以
中國土地之廣而留心鑛務眞不可限量矣
二十四日晴
美國前擬於太平洋整頓水師幷礮臺茲已派上議紳二人下議
紳三人水師官二人陸軍官二人會同巡察各處口岸撥一萬圓
以爲巡察之費所派之人俟該議院議准即往各口岸查驗礮臺
水雷駐防兵艦等事限六個月竣事　本月初十日英美爲祕林
海中捕海龍一事各執己見未有成議英廷請延局外之國秉公
斷結美廷不允總統將以前來往文案交議紳公議亦堅執如前

茲英廷已出示曉諭英屬卡拿大地方人民昌言於衆凡英國漁船在祕林海面沿岸三米之遥（每一米合中國三里又三蓋萬國公法云各國海口以礮力所及之尺寸爲所管轄之尺寸過此則非已有故三米之內應歸美國管轄）捕海龍者英廷決意保護而又一面照會美廷所有英國漁船在祕林海面捕海龍者如美國必欲苛禁巡船必欲緝拿英國兵艦必以力拒云云美國上下見此照會頗覺進退兩難　因按美國禁制英國漁船不准在美國祕林海面捕海龍一事與禁制華人同一用意英之以文詞辨駁往來數四美廷上下堅執亦與中美爭論相同度美國官紳之意必謂可施之於中國者亦不妨施之於英矣乃英廷始則請局外之國秉公核斷不允則仗義執言謂美國之恃勢以蔑理者英國則

以勢行理此論一出美之外部及議紳能否仍前之堅執乎且俟而觀其後

法國有氣球家與天文家二人議乘氣球而至北極據其制法用雙層綢爲之外加以漆使不洩氣納以四萬五千立方尺之輕氣可起重八千餘磅另備引導小氣球四由北極而上以測氣候輕氣大袋四以備添補雙層氣球之氣散失球下所繫之舟包以薄鋼內備丈八冰車一不沈之槎一並一月之糧氣球更垂繩與錨繫於上升之處以定其上升之高度據云在空中可十日可爲照相與各種格致試驗之事至氣球升後降囘何處不能豫定然果試行順利則不在亞美利加之北即在亞細亞之西云

二十五日晴

考地球各國所產銅按年計之美國七萬頓大呂宋四萬頓南花旗各國三萬頓德國三萬頓日本一萬頓新金山七千頓阿非利加七千頓俄國四千頓那威二千頓英國一千頓考各國所產鐵數按年計之英國一千三百萬頓美國六百四十萬頓德國四百二十萬頓呂宋四百萬頓法國二百三十萬頓俄國一百萬頓奧國七十九萬頓意國二十萬頓比國十八萬頓考各國商船英國七百二十萬頓那威國一百五十萬頓德國一百二十四萬頓法國九十七萬頓意國八十九萬頓俄國四十九萬頓奧國二十九萬頓和國二十五萬頓比國八萬六千頓　因按曲禮云貨惡其

棄於地也力惡其不出於身也左氏云因地之利地球各國所講求而與之者實合此義其所與之數較多者其國亦較強治國者可知所先務矣　赴美內部大臣及博物院茶會亥刻而返

二十六日大霧

美比釐積輪船由太平洋馬射島到金山稱德國兵船前至該島飭令該島酋長歸德國保護今已計定按年進貢列爲藩服云

暹羅國定造鐵路每一中里合銀四千兩　美國旣增關稅以來墨西哥亦重抽由美國進口之牛稅以爲報以致牧人大有所損

俄國槍礮藥彈由黑海輪船公司之船運往賽爾斐亞者其船單與保險單中皆不載明槍礮藥彈而以爲他物如近日所運之

過山礮則以爲洋燭其機密如此云　美廷現在定造水雷巡船一艘須比各國水雷船加速議院已定撥費四十萬圓備用聞水師部已有妥妙新法於舊式水雷巡船之好處一概兼用惟再增一速字耳　因按水雷巡船全爲進攻敵國兵艦及水雷船之用是以船上之礮利於極速故以機氣礮爲相宜其行以速爲主進可以追敵退則敵不能追此次所造擬每半時行海里二十三米蓋合中國幾八十里矣

二十七日晴

美廷於一千八百八十三年卽光緒十年飭軍器廠造十二寸大礮三尊以資試驗計全用生鐵者一尊鐵身鋼膛者一尊加外箍

者一尊驗後知全用生鐵者實不可用鋼膛者已放七十次猶未損壞其加外箍者更佳據軍器廠員云以後造礮當以全鋼爲宜不用生鐵矣　聞日本今年各處產茶極佳製茶亦進九月查橫濱出口之茶較之去年多三十八萬餘斤合之神戶共多六百七十一萬斤爲以前所未有云　是夜亥初至子正美國家銀行總辦黨參茶會　因於亥初到亥正而回見美將軍農部大臣上議院紳訂得孫等下議院紳好德等及墨西哥公使英法公使律司等而返以後到者尚陸續也　前勃而加利亞國之王哈吞腦爲俄所廢今爲奧國第二十七旗步兵副將云　因接勃君哈吞腦深諳韜略昔與賽爾非亞國戰勝之又爲俄國德國將軍亦皆重其

謀勇今俄主廢之忌其能也俄欲干豫勃國之政而肯容其英武之君當國乎

二十八日晴

美國巴罅鮮地方由紳民查得其土宜穀宜蔗已集股本二千五百萬元招工開荒且云先造鐵路招工云　金山土人議遷徙華人街業經駮廢聞土人尚不甘心議集貲再訟云　美國除夕接征勦茵陳之總兵來電云二十九號與茵陳交仗勢均力敵我軍死傷共五十九人敵軍未知詳細請飭增兵以資得手　日斯巴尼亞來電云美駐日公使請日廷與美訂報施條約日廷云事不能行緣日與歐洲各國所約載有一體均沾字樣如以報施美國

則他國亦不得偏枯也　法國水師羣船泊於地中海曾用氣球測驗一切其球造自武備氣球廠球之大有一萬一千三百立方尺鼓以輕氣扶搖直上下垂長十三丈之絲繩取其輕也繩之下端繫船之桅端如紙鳶之綫船中官弁乘氣球而上者言天晴時遠見十八英里至二十四英里下視海水雖深八丈游魚可數水下所行之物卽極深處亦知其所在是球也曾用巡船每半時辰行十海里半者隨之而行至二十一海里之遙一無所損水師中亦已用之當其大閱於維爾墨爾姆賽文之時亦已試之

二十九日晴

下議院管理美西西比河如中國之黃河隄事務紳士昨日請修

築河隄之總辦李朱到院訪其治河要訣據云防河之道有如防敵沿河隄壩自宜堅固但駐防官兵亦須時刻認眞看守方保無意外之虞譬如禦敵雖有高城深池防兵懈弛亦無濟也現在沿河各省每年共撥銀一百萬圓以應河防之需如果議院另撥一千萬圓修築河隄三四年間可免水災沿河各省生民可免漂溺嗣後修守經費歲百萬圓當可支持云　內部大臣訂荼會偕繙譯往見美官名馬林者云前此三十年粵匪踞江甯時曾至中國京都即咸豐十年事也　美國兵部大臣特派兵艦十六艘定於西二月集於舊金山海口聽令云　因查美國此舉必係駐美英使行咨外部大臣以有阻英商捕魚者則英國必以力拒等語是

以美廷亦調兵船以防之也

三十日　晴夜中微雪

下議院管理各國事務紳請議院撥出使經費一百六十六萬五千九百二十五圓爲一千八百九十一年之用即中歷十七年查此次之款較一千八百九十年減三萬九千八百九十圓云　倫敦來電云智利國內亂因議院與總統不合也　是晚九點鐘副總統訂於已宅見總統繙譯以無請帖不赴二等參贊以病不赴因一人坐馬車往至則女客到者已多男客甚少因往見副總統夫人夫人告以副總統尚陪總統讌飲略敘數語到者踵至男女擁擠約數百人蓋公使無不到各部及上議紳亦均到也凡夫妻

偕到者則妻先夫後與副總統之夫人握手握手後入門則女與女伴男與男伴不復偕隨到齊時總統出見立於人叢中男女環繞之競上作寒暄語握手而下禮畢總統仍自訪故舊談心至大餐房男婦均陸續入房隨意飲酒進饌啖水果大約女人多坐而食男人則立而食食畢則陸續出門已亥正矣

十二月初一日 晴夜雨

希卞果有華人名亞梅者在美讀兵書多年南北花旗交戰時曾在兵船當兵事平入美籍頗有蓄積爲美所重凡美國保舉總統及大員之期准令亞梅投籌　英京日報云中俄陸路通商自蘇彝士河開後貿易日減　俄之兵在亞細亞洲者共十三萬五千

七百六十名車礮共一百八十六尊內計步兵六萬餘名馬兵一萬一千餘名礮兵六千六百餘名修機器之兵一千餘名留後者步兵二萬八千名馬兵九千名礮兵二百七十一名鐵路兵二千餘名各處留守地方步兵一萬四千餘名礮兵一千餘名此第沿中國西北兩邊之兵數也駐歐洲兵數尚不在內　是晚亥初赴駐葡萄牙公使任滿回美之紳名羅陵宅茶會各國公使均到英公使以去年曾赴因醼彼此過從頗相得談論許久因詢因今年春赴日國涉大西洋頗眩暈否因答以向來不畏風浪西洋之浪雖大至捲船舵內人入海從者爲浪澆其頭自項至踵水淋漓如出浴因不暈也問明年將赴祕魯乎因答曰然又問祕魯華人今

尙安居乎曰尙可又問金山華人近狀答以目前尙無燔逐之事又言英民之赴美者三十倍於中國其所以相安者因入美籍也入籍之利有三得國家保護之權一也與土人浹洽二也可以投籌操保舉之權自總統以至議紳有所瞻徇而不敢苛刻三也中國之民何以不入籍乎因曰華民不願入籍我國家亦不欲強之則曰英民之入籍者豈竟舍英而安美乎大西洋來往之船英民往來如織美國不能禁也且德義兩國之民數較之中國僅十之一豈患人滿然其民之赴美者兩國亦姑聽之以衣食之計不能不聽民之自謀中國頗有人滿之慮矣聽其饑寒則弱者轉溝壑強者跳梁非國之福也且事無兩可者也中國如不願其民入他

國之籍則當守二百年前之舊例禁其出洋以遠禍機不宜聽其自投網羅而不之恤也談久已交子初遂散　因嘗閱使館積案見光緒十四年外部覆文言華人之衣服起居飲食已與他國之客民迥殊又不入籍此畛域之嫌所由生又言燔逐之禍實由自取今聞英使之言而益信

初二日大雨竟日

聞德國因美之加稅各織布廠多停工工匠之無業者將攜眷來美新聞載德人之來美者較前五年尤多云　俄人議逐猶太之民已有出境者饑寒所迫傷亡甚多俄廷知之暫罷逐客之令

太平洋中有衆島名加羅闌島本屬日國日之駐守弁兵與土人

滋事爭戰致將美之教堂轟燬今美廷擬向日廷爲教士索賠云

初三日大風晴天氣甚暖

是日申刻赴上議紳福那茶會英法公使先已到內部兵部大臣續到敘談頁久到者益多因以將發公文告辭而出　英廷派兵艦數艘赴北太平洋祕林海以視動靜美兵部已飭水師兵船十六艘會同各戰艦齊集於祕林海聽命　俄與中國伊犂交界之處有華人約百家相率遷往茂甫地方居住更有管田某公司招中俄交界華人千家往茂甫相近地方墾地按茂甫在中亞細亞向爲回部之地今屬俄國華人往者皆係回教人　墨西哥招工美國兩狀師爲之至粵省見兩廣總督言招工事不允遂中止

因按美國方禁華人而又爲他國招工無非見利忘義其禁華人也惡華人之分其利也其招工者卽以招工爲利但能招工數千人可於中取利也

初四日晴

英國浮司礮廠新造九英寸二分壳彈以破鐵艦前日試驗能透厚十四寸鋼鐵之板不日又將再驗云　是日總統訂於亥初見各國公使因於戌正偕參贊繙譯等員衣冠先到各部大臣多有到者至亥初各國使臣接到美之先後而入見總統偕夫人立門內握手爲禮（夫人但點頭不握手）入門後各公使相見道寒暄是會也公使畢到惟副總統未到各部大臣則內部外部戶部農部律政部郵

政部均見面律師科司達亦到下議院紳斯斌介因於元旦往謁不得其宅此次見面道歉遂訂於三日內往見　美國現在以水師之力遜於各國因大興製造鐵甲兵艦公私船廠因之用鋼甚多計近年各廠所出之鋼每年共計四百五十萬頓較十年前所出已十倍矣無非以供鐵甲之需云　因按美國所鍊之鋼十倍昔日具見廠務之漸興其添公私船廠以造鐵艦固爲水師增強起見然亦慴於英廷之言所謂英人捕海龍之船美國必欲禁制則以兵船保護力拒審己量力有所不敵故出此臨渴掘井之謀乎

初五日晴

祕林海面捕海龍一案英廷業已延請律師將核域帆船被拘之案控於美國總察院請予判斷外部大臣布連聞之深滋不悅午刻出門拜會內部大臣戶部大臣律政部大臣郵政部大臣兵部大臣惟兵部未見餘皆登堂啜茗酒內部大臣戶部大臣之夫婦其人皆福壽者相也　德國與英國所易得之一島今定章程統屬於布國本境之內其海口爲海防之要由國用內撥銀以築礮臺俾資鞏固　俄國於一千八百七十五年中歷光緒二年爲興鐵路貸巨欵每百圓以四釐半起息茲爲減息起見籌借英金十五兆磅合中國銀六千餘萬兩以四釐起息業已成議　法國現籌巨欵以債票一百七十兆圓合中國銀二千餘萬兩歸國中人民自行交銀領取

由戶部大臣出示曉諭定期令願者屆期自赴該衙門交領初二日係發票之期未及黎明男女老少到者擁擠以銀易票爭先恐後於此見法民之能蓄積而法廷之取信於民也　因考地球各國無不有國債英法德美爲最多而不足爲多也彼皆貸諸本國之民所出之息楚弓楚得無分釐漏卮焉且英美二國之民其存銀於國家者皆願源源得息而不願收回焉其他則均貸諸外國矣有按年交息至五百萬者日斯巴尼亞是也有按年交息至五千萬者俄國是也有以歲之所入一半交息者土耳其是也有以歲之所入僅敷交息者葡萄牙是也有以歲之所入尚不敷交息者墨西哥是也有不能交息至以國中鐵路鑛產暫與他國作抵

者祕魯是也貸欵之流弊如此有不能不貸者當求取信於民貸諸本國庶與英法德美相同而不至受累胡底耳

初六日晴

是日爲上議院紳見客之期因偕繙譯於未初往謁外部隨至上議院紳宣門有司梯司不來奔伊門司伊華司杜甫賀利賀阿麥米蘭司丹佛各處敘談啜茗而別囘車已黃昏矣 各國人之遷至美國居住者去年有四十五萬一千二百十九人較之上年已多一萬二千六百人猶太人計五百餘名爲俄所逐相率來美俄國來電俄戶部大臣核計明年兵費陸軍較今年應加四百六十萬盧布水師較今年加四百五十萬盧布（每一盧布合中國銀五錢五六分）

英將戈登前於同治年間爲中國出力隨淮軍勦平粵匪後回英國殉難於加東立像於賴發地方每至西正月二十六號忌辰英民爭送花以志不忘　因按戈登於同治初年隨淮軍征戰克復江蘇挽回東南大局與有勞焉事定後返英矣及湘軍平定陝甘關外中國向俄索還伊犁幾至決裂戈登自英至華謁李傅相幷至京都願爲中國效力且上條陳其眷眷於中國血性過人固非常豪傑也宜其名在千秋中英兩國均不能忘焉

初七日大霧晴天氣驟暖

聞倫敦耶羅船廠近日爲阿鎭丹國南墨洲造成水雷船一艘名北土司靈掟異常天下各國水雷船無一出其右者其馬力計一

千二百三十四平常速率每半時可駛行二十八米如其上緊每半時可行三十米（計中國一百里）其長計一百三十英尺寬十三英尺五寸云　律師來見言茶會應辦事宜又管理紐約事務狀師來會言紐約華人事均欵以茶酒　昨日下議院紳印羅於初五日請議院特聲明祕林海面捕獵海龍一案其中情節英美兩國外部大臣現已實心商議不日可期水落石出詎料英廷竟將此案控於美國總察院如此辦理於美國國體有傷茲議院宜通知總統使之轉告英廷　因按美之苛禁英船不准在祕林海面捕獵海龍作不順而施不恕其意實創自議院英使與美外部頻年駁詰美廷一意堅持英廷欲請局外之國判斷美又不允然則

英船被拘而不得直豈不大傷英之國體乎控於美之總察院英誠不得已也且欲使地球各國知議紳之中有霸道者也

初八日雨

日本新派駐美公使今到美都即前任大阪總督名哥舒花締那來見　巴黎來電云巴拿馬開河一案前公司辦理未成半塗而廢近有法商擬再行招股集成公司請於法廷每年開彩票二次以所得之利供開河之費云　因按彩票之利其大如此呂宋票之設於上海垂三十年其始也每年得利銀四十八萬兩今則倍之蓋耗我中國之民財一二千萬矣　美議紳言美國派兵征剿茵陳尚難平定兵弁多傷　因按茵陳一種即百年前墨洲所生

之土著也歐洲闢地者至此以力踞其地茵陳以勢不敵讓至僻壤美廷乃議每年餽以絨氈麪包助其衣食兩無猜嫌今官紳以此項度支爲妄費遂裁減之故至作亂於此見美國近年風氣不如前此之仁厚也　午刻巴黎薛大臣來電云

邸薨䘏處照會四國外部酌下半旗數日總署來電初十初祭十六大祭亦下半旗屬各館一律成齊因伏念

醇親王性稟公忠天與德讓因於光緒十四年十月以

皇上親政初基謹獻芻蕘四事

醇政王以爲無所爲而爲遂蒙

上諭著鈔給

毓慶宮用備省覽知遇之感沒齒不忘茲聞噩音不勝哀戀當卽照會外部并請代達總統所訂二十日賜宴照例不到其餘各使館各美官紳茶會均函辭之

初九日 小雨

美提督來會言義大利欲踞土耳其所屬阿非利加洲之的立玻利國土國已派兵五千前往防守并聲明該屬國之政如義國擅行干預則以兵戎相見云云　西十月二十六爲德國將軍毛奇特九十誕辰是日也其同僚各武員慶祝之後德主亦往祝嘏並稱述其前功德主出毛奇特一手執盃一手秉杖送之登車其步履與德主相彷彿云　因　按將軍毛奇特卽前二十年統德兵而

破法國者也聞諸曾侯言該將軍知德法之將有戰局也自法旋
德之日即留心於法之地勢凡可進兵奪險者一一記之故以兵
入法駕輕就熟而法不及拒度其精力有大過人者故其壽臻耄
耋焉
初十日晴
本日爲
醇親王初祭之辰因恭率使館員弁設
位行禮　日高兩國立密約一爲高麗紅參准出口一爲日本布
疋准入口且減稅二兩高麗另於平陽省開通商埠頭不知已商
之中國否　中日小約專爲互救沿海難民費用事立約三條

德比密約如德與法有戰事比願假道於德國以便行兵此係傳聞未知確否　因按歐洲各國蓋無有不畏法忌法者觀德比密約而可知矣然比向爲局外之國如德法交兵而假道於德則非局外所應爲故不敢信以爲確也

十一日陰巳後日出

朝鮮使臣李宗淵來見因本署有公文照會言醇親王薨特來慰問　日本報云去年查點國內戸口今已查畢計男人二十兆有餘女人十九兆有零合共四十兆有零住房之不空者計七百餘萬間在本國而往他國之人計一萬五千七百十一人又歐洲布法兩國人數計前五年布國二十八兆零法國

三十八兆零惟十年之內布國生養之數多於殁之數三百五十六萬有零法國只多七十八萬有零似人民之生息布勝於法

因謹按日本人數向來只三十五兆雖能生息斷不能如是之速蓋日本每自誇其日盛如商務軍務之類大率張皇以聳觀聽今又張皇民數至於不倫則商務軍務之所謂盛者亦不過如斯而已

十二日 晴中夜大雨傾盆天氣亦暖如中國八月時

美國近來試驗大礮飛射之勢合各國較之力最猛者首推英國計其所及可至十二米計中里四十里美國最猛者所及可至六米又三之一現在美國造成全鋼後膛礮二尊一為八寸徑重十

四頓又四分頓之一受德國火藥一百四十磅彈子重三百磅計其速率每秒可射一千九百五十七英尺已試七十六次毫無損傷又一爲十寸徑重二十九頓受德國火藥二百五十五磅彈子重五百七十一磅計其速率每秒可射一千九百五十三英尺此二礮每放一次所費藥彈需一百圓　日本之王姪希來良華郎往德國京中學水師兵法有隨員三人世家子弟六人與俱　因考近來各國無不留心武備以美國之晏安無事無外侮者已一百年日本之蕞爾一隅中國事事不與計較乃猶試礮習戰不敢怠荒風氣如斯而欲高言偃武息民不可得矣

十三日雨未刻晴

日本新議院火災焚毀無遺查日本議院建造未久光緒十五年十一月日君以議院落成親詣行禮故知其未久也　新報載

醇親王薨中國使署本擬行茶會者今一概停止云　英之名士名波路滑者著一論云中國與俄爲鄰最爲勁敵爲思患豫防之計邊備所宜亟修備邊之法以鐵路爲急不獨邊防可固亦商務可興天津已興鐵路學堂延德人爲師教之風氣或可開乎　因

謹按強俄之患統地球皆知之因會於光緒九年奏陳俄人爲歐洲各國合縱所制料不能闢地於歐洲移其志而向中國中國所宜防之累一萬言大學士閻敬　言

醇親王以爲切當此前日事也

十四日晴

檀香山國王薨於金山其國政即由前王之妹攝理云　美廷近與南卑西非克火輪公司及太平洋之輪船商定華人之潛入美境者被獲則由該公司等載回中國按名給費五十一圓該公司已允矣　初七日金山稅關派役十一名分作數班直入華人之鋪搜尋洋煙共搜九鋪獲煙四千七百七十三罐擬充公云　因按洋商列肆於中國中國向不擾之而外國多魚肉華商者則以中國兵船不到外洋而權力不足也

十五日晴是夜大風雨雪

墨西哥公使與厄瓜多國公使在美都立約　智利國內亂水師

已封本國附近祕界各海口聞英國得信立電飭遊弋太平洋兵艦前赴智利海面巡察保護英民身家產業云　因按泰西之重商如此朝廷與商患難相共呼吸相通宜其商務之盛而國富兵強也

十六日　晴雪厚約一尺天氣亦不甚寒

是日爲大祭

醇親王之期因率隨員設位行禮禮畢天始黎明　聞阿利干省米路頓埠十二日有工黨之向充鐵路工人者爲公司所辭特與華人尋隙結黨將該埠之華人悉數以繩繫項牽出埠外計華人與拒而受重傷者二人當

即見外部請飭查辦　下議院紳金明司吉鎭司二人謁見外部布連請其照會俄廷力言其驅逐猶太人之非外部謂此舉各省人民均已稟請照辦現已將該所稟撮要遞送美國駐俄公使照會俄國外部云　下議院紳合阿士昨於議院核計美國興造兵艦自一千八百八十三年起此八年內制造船身機器經費共銀五千三百餘萬圓鐵甲尚不在內　因按五千三百萬圓爲八年之用每年合六百餘萬圓此僅船身機器也益以鐵甲及礮則每年需千萬矣苟非國富不易籌焉

十七日晴

俄廷會議西比利亞之事有東省總督上言曰今俄國東方兵力

猶嫌不足是當更有勝算以敵中國此時中俄有事俄之兵力僅能當華兵二十營再多亦不能敵惟西比利亞鐵路成則可限制華人越界海濱可無華人之迹俄人於彼可以廣開口岸獨攬利權云　俄商因近年印度茶葉日多一日以致由中國運來之茶不得暢售俄商失利故禀呈俄廷商務大臣請加印茶入口之稅以恤商困聞已允准英人聞之因論俄國加稅印茶英之茶商必失利云　因按俄國加稅印度之茶不慮英人之爭者則以稅則爲各國內政加減可自由也凡所以加減者非好爲軒輊蓋有深意存焉他國入口之貨非吾國所急需者則加稅以示限制其有妨吾民之生計者則重稅之甚且禁之使不入口焉其爲吾所急

需者則減稅以示招徠甚且免之使多入口焉此外有報施之道則相他國稅則之重輕以消息之也

十八日晴

謝神　法廷估水師經費一千八百九十一年需銀四千三百七十五萬餘圓內以一千萬爲製兵艦修舊船之用即於本年在公家船廠造頭等鐵甲兵艦六艘頭等鐵甲礮艇二隻鐵甲巡船三隻頭等巡船二艘二等巡船四艘水雷巡船二艘運載軍火兵弁輪船兩艘二等運載輪船一艘帆船一艘又另在商廠造鐵甲兵艦二艘鐵甲巡船二艘三等巡船兩艘頭等水雷艇十七隻大洋水雷艇兩隻偵探船二隻　俄廷擬於今年年底在都城設廠製

造無煙火藥立即興工云　格前總統夫人云俄人待西比里亞鐵路落成後或請將高麗歸俄人保護允之則得寸得尺不允則開釁端俄之鐵路已至中國地界朝發夕至斯時中國何以禦之爲中國計莫若趕造鐵路迎而拒之庶不受俄人挾制俄人亦不敢輕舉妄動矣　因嘗稽古今之時勢信陵歸魏而秦氣阻季梁相隨而楚謀消此有其人而敵國不敢伐也鄭人犒師而孟明還秦人淸野而桓溫退此有其備而敵國不敢攻也今歐洲各國無加兵於英俄者墨洲各邦無加兵於美者知其強也七年之病期非促也三年之艾亟宜蓄也

十九日　晴申刻大雨連夜

德國現擬造鐵甲兵船三艘偵探船四隻水雷艇三十八隻已撥銀一千二百萬矣　俄廷擬造鐵路由歐洲直達太平洋西岸之烏拉地爲司鐸埠共第一節由淡司克埠至衣爾喝司克埠近蒙古北界計一千五百六十八胡同脫一胡同脫計四分三米本年便可興工查此條鐵路俄廷久有意舉造業已籌欵矣　美國各巡船所有四寸速放之礮水師部擬以五寸者替易水師員弁以爲合宜云　檀香山中國商董禀稱檀香山新立招工之例派華人鄭某赴中國招工到工之後立限五年出境除傭工外不准作別項商業且不得與土著一視同仁可謂苛虐查該島係未立約之國無從駁詰遂一面函致兩廣總督禁其招工一面見檀島駐美公使託

其婉爲致意删除苛例　因查近來日本民人多赴檀香山傭工而尚能安業者則以已立通商之約而日本兵艦時時巡檀故也

二十日細雨如春三月時天氣和煦樹已萌芽

義大利來電義國下議院紳士邦基昨日在議院言美國議紳所稱義國駐美之各領事官於義民來美一事屢次不遵美國例禁等情應卽詰問外部大臣格理畀曾否已查明所指各節並嚴行根究云　美上議院紳密組請議院議立太平洋電綫公司設立海綫由舊金山通至檀香山續至沙摩阿島紐西蘭島及日本國該公司須集本五百萬圓美廷須幫給二十萬圓以十五年爲限該公司傳遞電報先公後私不收美廷報費并在沿海口岸分設

支局以便辦公而正局則設於金山云　因查外洋各公司其成本輒數千百萬國雖饒富安得如許之股商哉其得力在集股耳中國效之則多弊竇由於風氣初開章程未備而經理者非其人也因噎廢食何以濬利源襲謬沿訛適以肥奸猾是在公正廉明者提創宗風焉

二十一日大霧晴

美上議院紳傳萊請於外部將駐墨西哥二等兼權大臣改爲頭等每年撥八萬七千五百圓以供駐墨使署公費外部允之　羅馬來電云義國戶部大臣昨在議院宣言上年庫欵入不敷出至短一千二百萬圓今年核計竭力設法籌湊亦不敷八百萬圓惟

望三年之後入能數出則善至美國新修稅則與義國貨產尚無大礙云　美國征剿茵陳尚不得手聞仍招撫議和向所扣減者仍照前補給云　午初赴外部布連處辭行言於中國元旦日赴祕魯布連曰祕魯地方華人甚多因曰自中祕立約禁招工後華人已減於前矣布連曰何時可返因曰大約三月之內可以即回美都布連曰美國駐祕有公使駐巴拿馬有領事余當作書爲之先容貴大臣到彼可資照料因謝之遂辭退是日公使來見者有墨國德國日國尼格拉國又一國均以次見云

二十二日雨

戶部大臣病故差人持刺往唁　美國選舉下議院紳士之數視

各省人民之多寡而定每十七萬三千九百零一人則舉一人今民數已增故所舉亦應增上議院紳已商定矣　俄國郝胡廉治日報曾著數論詆毀中國俄大臣美渣士基謂俄人當與中國講信修睦不可意存齟齬方爲輔車相倚之道若猶太人則不妨絕之也　因謹按俄廷非無知大體之人俄之君臣如從其言不但保亞洲昇平之局而俄之名亦美矣

二十三日　細雨如春三月時夜晴

智利國亂其勢日張美國商民電請派兵船保護美廷已派渣爾斯兵艦前往矣　昨見茵因陳酋長數人至華盛頓緣美國西北省茵陳土人滋事美廷曾派將軍米路司帶兵往勦互有勝敗今該

酋長特行來都謁見內部大臣詳陳各部落情形幷聲明美國相待不公之處也　土耳其阿洲屬地名的立玻里與法國之屬地突尼斯毗連今法人已派兵佔踞其地且稱爲本係法之屬地云

因按兼弱攻昧見於商書弱肉強食自古已然聖賢存不忍人之心務爲仁厚乃創字小之說此可以自勉而不可以責人今之時勢未有弱而不削者也

二十四日晴

美國擬造三暗輪之兵船其輪裝於船之中如單暗輪船之式餘二輪裝於左右如雙暗輪船之式惟高於中輪四尺六寸船中有三副汽機以運動之當游弋之時止動中輪已足如欲極速則齊

動三輪汽機轉動甚速復能省煤其速率爲每一時行四十二海里馬力有二萬零五百匹然速率無定速率之多少視汽機轉動之疾徐其馬力之大則出於英國各船之上云　因於戊辰由滬航海至津計五日而到甲申由津航海至滬計三日而到由輪船之制益精而行益速也歷考各國新成兵輪均速於舊外洋心思日出而不窮其機巧正不知何所底止矣

二十五日　晴巳刻雨

是夜大風如吼作簫管之聲黎明起視窗外已冰而室中仍暖如暮春時大火爐之力大矣此項火爐每日需煤半頓計八百斤

歐洲時局德奧義三國既已同盟一旦有事俄法二國亦必合力

勢使然也考德奧義三國額兵共一百十三萬七千人大礮三千九百七十二尊俄法兩國額兵一百三十四萬七千人大礮五千六百九十八尊以上兵數額外練兵與民兵尚不在內茲將五國之兵數額兵及額外民兵徹底詳查德國一百零八萬人第一次徵民兵六十二萬人二次徵民兵七十萬人總共二百四十萬人尚有備補之兵不在內也奧國九十三萬八千人民兵四十三萬八千人總共一百三十七萬六千人義國八十四萬八千人民兵三十七萬二千人總共一百二十萬人法國一百五十萬人民兵一百七十萬人總共三百二十萬人俄國一百十八萬人備補兵八十三萬二千人駐防敵國之兵十九萬三千人哥沙騎兵十五

萬四千人民兵及戍邊之兵三萬三千人總共六二百三十九萬二千人兩相比較則德奧義三國共四百九十九萬七千人俄法兩國共五百五十九萬人此外尚有護衛之兵德俄兩國尚待稽查奧國四十四萬五千人義國一百六十三萬人法國九十萬人

因按此美國考據家所著而報館訪得之以刋出者閱此而知近日時局講武修備實有不得不然者矣左氏所謂思啟封疆以利社稷者此俄人之用心也申公巫臣所謂勇夫重閉者此德奧義法各國之心也量力較權知己知彼人強於我則防之人弱於我則幷之識時務者如斯而已事大不足恃也昔之南宋可徵矣今之浩罕機窪茷甫波蘭芬蘭琉球越南緬甸可覩矣字小更不可

得也今之俄羅斯英法等國其所吞併不可勝數矣

二十六日晴

葡萄牙國來電云禮拜六晚即中曆二十二日駐守澳波滔埠官軍忽有數營作亂欲改葡爲民政之國幸葡廷即派兵勦平　昨考德奧義俄法五國兵數可謂多矣查其練兵之制即太平無事亦額滿不缺有事號召可計日而集實其兵制然也其通國之人男子均須當兵德國當兵二十八年奧國二十三年義十九年法二十五年俄二十三年　因查各國練兵之制大抵民年二十以上者學習三年學成後備調若干年留守若干年其中惟學習三年應入營伍備調留守其人仍各專本業不過遇有戰事則以待

不時之需非曠本業而常荷戈候戰也至四十五歲以後雖有戰事不與聞矣

二十七日晴

拜發期滿請獎又起程赴祕摺　猶太國人民一百六十家爲避俄之苛政來美擇地而居今已往美屬閩尼所達省矣大約日内即可到該省之聖保羅埠聞德國富商捐助互欵以供該猶太民人來美川資云　美國與日斯巴尼亞訂立報施條約現於前七月由日國議院紳公議其願者僅七十人不願者三百六十人遂不能訂　俄兵之在阿彌尼亞境上者今有七萬二千土耳其大恐　英報錄所伊犁信云華兵在彼大修舊時各礮臺所有殘缺

皆爲之補葺有一大礮臺以泥土爲墻墻高二丈三尺厚二丈五尺長八十丈者已經修畢墻後復有深七尺闊一丈五尺之濠溝然礮臺雖大不甚堅固其墻已有數處裂痕更有華兵二百名以工多値少相率走散云云　俄廷擬在太平洋之烏拉地哥司鐸地方創設船塢約於西歷本年三月即中歷十七年五月興工務求廣大可容萬頓之船　因謹按此俄之窺伺墨洲也船塢如成墨洲諸小國必不安枕美國亦不能如是之坐鎭從容然其患當在三十年後也

二十八日晴夜雨

奧國嗣位之太子前赴俄都謁見俄皇面商交涉事件　俄國新

造一快船名北斗星又一礮船名各絡司才切均於五月下水又有一大巡船名魯竟一大鐵艦名南威利奴亦將成功俄人云中國旅順口已造礮臺十一座打狗與臺灣均有堅固海防礮臺云杜延祜請假銷差　美國上議院昨日議定海防經費每年撥四百二十五萬圓爲鑄礮之用　因查各國海防經費按年計銀英國五千五百萬兩法國三千二百萬兩義國二千萬兩俄國一千七百萬兩德國九百萬兩所費如此非國帑充足者正未易籌焉

二十九日雨

美國與巴西已立報施條約昨日總統哈利順示諭本國人民自西歷正月一號起卽照約而行查此約所訂凡美國所產之五穀

麪粉乾草鹹肉鹹魚農器工器開礦之器製造之器格致之書火車鐵路之器等巴西朝廷允准運入巴西口岸不納關稅又豬油火腿牛乳油餅棉布鐵器鋼器皮器靴鞋不計在免稅之內另木料木器棹椅等物馬車樹膠所製之器巴廷允准運入巴西口岸照以前稅則減除二成又五而巴西之生糖熟糖加非茶葉生牛皮等物運入美國口岸亦免納稅云云　因謹按泰西各國不諱言利其斤斤相持者恐利源之耗於外國而欲自保其利源也入口免稅之物大抵皆本國所急需故以此招徠非有所惠於他國也若酒若煙非民生所恃以養者則重其稅使食之者寡則亦自保利源也美國之麥麪每年至中國者數十萬石而中國概不征

稅并若酒若煙外國之極重者而亦免之美廷則於中國之米入美口者其征稅已過成本之半殊失平也

三十日 細雨

俄國來電云俄戶部大臣因俄廷苛待猶太人於本國商務有碍因請俄皇暫罷逐客之令俄皇已經批准 因謹按觀此而知泰西之重商務也俄之君臣所以罷逐客之令者非有所愛於猶太之人也亦爲商務耳若曰吾欲投鼠而忌器云耳 義國王子至德以固德奧義同盟之局德相畢思麻現雖辭位尚幸不渝奧相楷爾諾紀力顧大局前盟益堅謂三國同盟強敵不致生心時論謂奧有賢相歐洲可保昇平嗣德主至奧京見奧主奧國迎迓盡

禮美國今年商務合入口出口之貨價計之共値美銀一千六百四十七兆較之去年增一百五十九兆可謂日新月盛分而計之進口之貨値七百八十九兆較去年增四十四兆出口之貨値八百五十七兆較去年增一百一十五兆其鐵路計十五萬二千七百四十五英里（合中國五十萬零四百零五里）除內有新開鐵路七千三百五十八英里尚不能計利外一年進項計美銀一千零三兆較之去年增四十三兆核計每一英里（合中國三里又三）有進欵六千五百七十四圓每本銀一百圓得息十圓四角除開銷用費外實得三圓三角一年所運之貨計六百十九兆頓所載之人計四百九十五兆名因考美國出入口之貨而知其能興利而裕利源也出口之貨

溢於入口者七千二百萬則一國入口之銀歲有所增矣出口之貨又日有所增矣貨不棄地而銀不漏巵國焉得不富乎鐵路進欵計美銀一萬萬零三百萬圓以十分之七開銷用費計用費銀七千餘萬圓此七千餘萬圓者皆行車修路作工之民人所得也然則謂鐵路興而奪窮民之衣食者猶未悉此中之竅要而狃於一偏者也

因奉出使之命持節駐美已閱一年論交涉之事則韓廷告貸於美國已力阻之美艦以兵入韓城已力斥之華人之假道者美關以索銀爲質其安業者美紳以領照作難其經商成市者美之工黨以偪遷令其破家蕩產均經力駁使不行矣日斯巴尼亞設呂

宋票行於中國漸推漸廣其始也每年得利銀四十八萬兩近已倍之此我國內政非使臣之權所能禁除者也奏請議禁或行或否當路自有權衡焉寓巴拿馬華商土人聚衆驅逐爲求美國領事就近告彼政府得以風行雷厲轉危爲安此皆使者分所當爲之事也中外之情形其有關於富強者卽此一年中綜其大概而論之中國出口之貨茶葉日減棉花日增所增之數不敵所減之數也開礦之舉開平已有成效池州迄無成功漠河甫開甯海初創得利與否視乎其人人實不易得也新疆之羅布覺爾方謀開墾上海則仿外洋以機器織布造紙湖北方查勘礦地廣東則鑄造銀錢利

之可興者次第興之有其漸矣本年入口貨物值銀一萬二千七百餘萬兩出口貨物值銀八千七百餘萬兩合出入而權之中國漏出之銀約四千萬兩此漏巵之當塞者也廣東造成兵艦三艘福州之船廠江甯上海之機器局均有起色東三省防兵日事操演此自強之可見者也惟俄人撒馬兒罕鐵路已成又與土耳吉司丹之鐵路西比里亞之鐵路將迆邐至琿春黑龍江矣又增兵兩營於西比里亞之東派員分探新疆甘肅青海蒙古天山增黑龍江鴨綠江之兵船增布哈爾琿春之兵額禁華人越黑龍江外暨阿蘇里又查中國水陸之兵數其窺伺我邊界者力果而心深沈幾觀變之士於此知俄人之叵測焉尙喜旅順口礮臺已成全

洲之防已固京畿一帶屹若金湯如東三省鐵路成功練兵足恃俄人覬覦之志或可潛消乎至於各國之經營布置就因所聞所見者亦可得而言焉俄人興沿黑海之鐵路增置黑海之兵艦水雷添波闌之兵定購法廠之槍五十萬桿其兵威所及也近奧境而奧自危屯德邊而德設備索土耳其之兵費廢勃爾加釐亞之君營波斯京城之鐵路奪穆哈剌國之兵權窺阿彌尼亞之地歐亞兩洲近俄之小國俄實盡之乃猶汲汲皇皇求兼併如不及是誠何心美之入款一年四百餘兆量入爲出尚有羨餘其富於地球爲第一至於添鋼廠墾荒區積現銀增稅則講蠶桑增郵政局益火輪車創太平洋之電綫立報施之約此富之政也查海口設

海防築礮臺制鐵艦驗氣礮造出海水雷之艇與極速之船試鋼礮之用及無煙火藥之利弊此強之政也至於立例以禁各國民人之赴美傭工不容各國彩票之入境此又自保利權爲民保利權之政也創造之巧日出不窮俄以鋼爲甲胄美以氣代火藥法造逆風之氣毬日創泅水之戰艦德造輕質之礮與礮架礮車英與德鍊鐵日精所製之礮已過百頓擴而充之則鐵艦失其堅將爲無用之物矣蓋礮之百頓以上者其彈之力足以透厚三尺之鐵甲戰船之鐵甲過厚則沈薄則不足以當彈也交涉之事則祕林海峽一案英與美法齟齬俄又與英美齟齬闢阿非利加一洲葡與英齟齬德幾與英齟齬而皆不至於決裂其決裂者如和之

攻亞齊美之勦茵陳沙華他之勝烏拉乖智利之亂是也日本自仿西法以來改制度易服色近又建造議院而泰西謂其有名無實然考其商務漸盛商船漸增出口之貨漸旺非無小效固未足語富強耳阿非利加一洲自古至今混沌未啟前數十年各國派人遊歷漸入內地虛實全知今則英法德義日葡諸國均以軍旅從事謀瓜分之此古今來第一變局也德人保護馬射島美人約用夏威仁之海口埠英人購卑勞支晏國之千家埠俄人設船廠於烏拉地咼司鐸均注意於太平洋矣英由緬甸以窺西藏法由越南以窺廣西則得隴望蜀矣德奧義聯盟以拒俄有勇夫重閉之意焉英俄法合議以保和有趙滅秦強之憂焉機心機事無國

無之居今之勢而欲偃武銷兵與民休息勢必不能孔子之不逆億而自然先覺晉文之嘗艱險而情僞盡知丹書言日愼一日完若金城讀古人書可以知所從事矣